영미시의 정수

.

영미시의

정수 精髓

| 김재화 지음 |

도서출판 ┃동인

머리말

     여기 수록된 글들은 그동안 <한국현대시문학>에 창간호부터 최근까지 연재된 것을 묶은 것이다. 위 문예지는 폭넓은 장르를 다루는 독창적인 계간지이며, 주로 역사와 문화, 그리고 한국시에 대한 글들이 중심이다. 내가 이례적으로 연재를 맡은 '영미시와의 대화' 표제는 독자들의 관심을 끌 수도, 반대로 소외될 수도 있어서, 신경이 쓰이는 작업이었다. 문예지에는 학술적 또는 교과서식 지식 전달의 글은 적합하지 않음을 알면서도 나 역시 시의 자유로움과 시를 읽는 즐거움을 감소시키는 딱딱한 글들을 쓴 것 같았다. 변명이라면, 그래도 애써 나의 느낌을 틈 보아 곁들었기에 나 자신은 다시 읽어보는 과정에서 홀로 재미있다고 회상하기도 했다.

     우리나라 대학에 영문학 공부가 들어온 것이 1920년대 중반이라고 한다면 그 기간은 어느새 1세기 가까이 된다. 초기 1세대 개척자 학자들의 글은 오늘날 연구자들의 논문과는 여러모로 다르다. 문학을 대하는 마음이 창작자인 시인이나 작가들의 마음과 순수하리만치 일치된 느낌을 준다. 그 후 한동안은 외국학자들의 논지를 대폭 옮겨 소개하는 학풍이 각광 받은 시기도 있었다. 창작과 연구의 길이 편안하게 만나는 느낌과는 거리가 먼 것이었다. 소위 신비평 형식의 해설 이후 현미경으로 시를 감상하려는 경향이 더해진 것이다. 시의 상상력과 보편성에서 얻는 감동은 이론을 통한 감탄과는 다른 것인데도, 비평은 시의 타자가 되어 평행선 위의 관찰자처럼 되었다.

하지만 근래 우리의 연구 풍토가 제자리를 찾은 듯 외국학자들의 논문에 대한 합당한 취사선택부터 자신들의 시각이 중심이 된 가치 있는 글들이 많이 나오고 있다. 탄탄한 학문 풍토가 조성된 것이다. 한편으로는 외국학자가 한국의 학회에 참석하여 앞서 지적한 1세대 초기비평문에 대한 연구를 발표하는 것을 보고는 자긍심마저 갖게 된다. 비평적 해설은 시인이 살았던 시대의 지식체계와 시인 내면의 정신세계와의 연관성을 중시하기에, 직접 체험하지 않은 당대의 상황인식이 있어야 한다. 이에 대해서는 우리 자신도 외국학자들도 문헌에 대한 의존도가 높을 수밖에 없다. 우리보다 외국학자들이 접하게 되는 자료가 충분치 않은 것이 우리의 현실이다. 앞으로 국내 논문들에 대한 외국학자들의 연구도 활발하게 이루어지도록 학문의 지평을 넓게 마련해야 할 것이다. 우리가 구하려 하는 외국 자료들은 도서관과 서점, 그리고 정보망에서 속속 얻을 수 있기에 영문학 연구는 끊임없이 발전하리라고 생각한다.

그런 의미에서 보면 이 책의 해설들은 이제까지의 보편적 시각에서 크게 벗어나지 않는다. 시의 선택은 전적으로 나 자신의 임의적 결정으로, 그동안 눈여겨 읽었던 것을 골라 담은 것이다. 시인들의 독특한 시세계의 저력이 짧은 지면으로는 충분히 논의되지 못해 아쉬움으로 남지만,

우선 전체적인 감상으로 시인이 갖는 시점視點에 초점을 맞추고자 하였다. 전반적인 시에 대한 감상에서 독자가 보지 못하는 이면을 글로 체계화하여 시를 대변하는 힘을 갖는 것이 해설자의 역할임을 새삼 되뇌게 하는 작업이었다.

　　항상 영문학 저서들을 집중적으로 출판해 주시는 도서출판 동인의 이성모 사장님이 이 책의 출판도 기꺼이 더해 주셨다. 깊이 감사드리며, 그동안 <한국현대시문학>을 통해 만난 독자들과의 인연은 앞으로도 귀하게 이어갈 것이다.

2014년 9월

김재화

| 실린 순서 |

윌리엄 블레이크
William Blake
| 1757-1827

조물주를 대신하여 말하듯 완벽한 "호랑이"를 그리다

── *William Blake*

어떤 특별한 시에 대해 이야기할 때 그 시인의 감각과의 교감 없이 글을 쓰지 말아야겠다는 생각을, 나는 블레이크의 「호랑이」("Tyger")를 읽고 한 적이 있다.

그만큼 블레이크의 시는 독자에게 강렬하고 신비로운 인상으로 다가온다. 특히 블레이크의 「호랑이」는 영국 낭만주의 초기 시인의 대표시로 인상 깊게 기억된다. 무시무시한 동물을 세밀하게 묘사하면서 그는 감탄하듯 묻는다. "어떤 불멸의 손과 눈이 호랑이의 무서운 균형 잡힌 몸매를 빚어 놓았는가" 또한 "어린 양을 만드신 그 분이 호랑이도 만들었단 말인가"하고. 이때 독자의 눈에는 완벽하게 균형 잡힌 호랑이의 모습이 떠오른다. 그리고 창조자와 피조물의 존재를 생각한다. 이 시의 독특한 음률을 따라 암송하는 이들도 많고, 그래서 그의 '호랑이'는 오래도록 기억에 남는다. 여기서 소리 내어 블레이크의 「호랑이」를 읽어 보는 것이 좋을 것 같다. 서양 '호랑이'이니 호칭은 원문대로 '타이거'로 불러 보자. 생동감 있는 시 읽기를 위해 각 연으로 나누어 해석하고자 한다.

타이거! 타이거! 불타는 광채여
밤의 산림 속에
어떤 불멸의 손이 아니면 눈이
감히 너의 무서운 균형 잡힌 몸매를 빚어 놓았는가?

Tyger! Tyger! burning bright
In the forests of the night;
What immortal hand or eye,
Dare frame thy fearful symmetry?

어떤 먼 곳의 심연 또는 하늘에서
너의 눈의 불길을 타오르게 했는가?
어느 나래를 타고 솟아오르려 하는가?
어떤 손이 그 불을 잡으려 하는가?

In what distant deeps or skies.
Burnt the fire of thine eyes?
On what wings dare he aspire?
What the hand dare seize the fire?

어떤 어깨가, 어떤 기술이
너의 심장의 근육을 꼬아 만들었는가?
그리고 너의 심장이 뛰기 시작할 때면
어떤 두려운 손이? 그리고 어떤 무서운 발이?

And what shoulder, & what art,
Could twist the sinews of thy heart?
And when thy heart began to beat,
What dread hand? & what dread feet?

어떤 망치가, 어떤 사슬이?
어떤 용광로 속에 너의 두뇌가 담겨 있었는가?
어떤 모루가? 어떤 무서운 손이
감히 그 무시시한 공포를 꽉 잡는가?

What the hammer? what the chain?
In what furnace was thy brain?
What the anvil? what dread grasp,
Dare its deadly terrors clasp?

여기까지의 장면은 어떤 창작물을 무섭도록 정교하게 만들어내는 대장간의 장면이다. 흔히 대장간은 시작詩作과 같은 창작과정을 상징적으로 표현하는 데 사용된다. 그런 가운데서도 블레이크의 시처럼 '호랑이'를 창조하는 작업에 대한 독특한 표현은 정교함의 극치를 넘어서 전율마저 느끼게 한다. 결코 한가하고 유연할 수는 없는 것이다. 망치와 사슬은 흔하다 하겠지만, 용광로와 호랑이의 두뇌를 병치시킴으로서 활활 타오르듯 강렬한 힘을 발생토록 만들었다. 어둠을 뚫고 보여준 두 눈의 광채가 그런 두뇌에 속해 있었음을 알아차리게 된다. "꽉 잡은 손아귀"의 힘과 무서운 피조물의 힘의 긴장감이 전해지고, 대장간을 전적으로 통제하고 있는 실재가 누구인가는 아직 밝히지 않고 있다. 마지막 두 연에서 우리는 자연스럽게 '호랑이'의 창조주의 존재와 그 위대한 능력을 인지하게 된다.

별들이 그들의 창들을 내리 던질 때
그리고 그들의 눈물로 하늘이 눈물 젖을 때,
그 분은 그의 작품을 보고 미소 지으셨을까?
어린 양을 만드신 그 분이 너를 만드셨단 말인가?

When the stars threw down their spears
And watered heaven with their tears:
Did he smile his work to see?
Did he who made the Lamb make thee?

타이거! 타이거! 불타는 광채여
밤의 산림 속에
어떤 불멸의 손 또는 눈이
너의 무서운 균형미를 맞추어 놓았는가?

Tyger! Tyger! burning bright,
In the forests of the night:
What immortal hand or eye,
Dare frame thy fearful symmetry?

위의 시행들 속에 반복되는 감탄사적인 어휘들은 '호랑이'이기에
어울리는 것이지 아무 작은 동물들에게나 해당되는 것은 아닐 것이다. 블
레이크의 시에는 호랑이뿐 아니라 유달리 큰 동물들이 자연의 에너지로
묘사되고 있다. 늑대나 사자, 독수리 같은 것은 자연의 원초적 활력을 유
지하고 있는 맹금류이다. 인간에게는 두려움과 일종의 경외감마저 불러
일으키면서 바라보게 되는 동물들이다. 그의 『순진무구의 노래들』(*Songs
of Innocence*)을 보면 그러한 에너지들이 어린이들의 순진한 눈으로 보는
세계를 시제로 삼았기에 유화된 모습이지만, 『경험의 노래들』(*Songs of
Experience*)에서는 인생의 고통과 어두운 면을 경험하면서 그러한 파괴
적인 본능도 건강하고 유익한 정화淨化의 힘을 제공한다는 자연의 양면성
을 인정하고 있다. 위의 「호랑이」에서 대칭적 상징물로 '어린 양'과 '호랑
이'를 생각한 것과 같다.

　　이렇듯 블레이크의 시세계는 낭만주의의 전초적인 역할을 하면서
도 그 이후의 워즈워스Wordsworth나 코울리지Coleridge가 영국의 낭만주의
운동의 기수로서 천명한 시의 방향과는 달랐다. 물론 이전의 18세기 전통
과도 무관했다. 그래서 그를 신비주의자로 여겼고, 때로는 난해한 신화적
세계관을 포함한 그의 시는 이해되지 못했다. 예언시인 「천국과 지옥의
결혼」("The Marriage of Heaven and Hell")은 그의 진가를 보여주는 시
이지만 제목만 보고도 이해하기 어려운 내용이라는 것을 짐작할 수 있다.

그러나 이러한 두 가지 상충되는 역설적인 면이 다른 시인에게서는 볼 수 없는 흥미를 돋아준다. 그런 면에서 비평가들도 그를 독창적이며 천재적인 시인으로 보았다.

블레이크는 10대에 그림을 배우면서 시를 썼고, 복잡한 도시의 현실세계를 멀리하고 시냇물과 요정들이 꽃밭에서 맴도는 환상의 세계에서 살았다. 시인이면서 판화가여서 천재적 화가시인이라는 명칭이 뒤따랐다. 영문학을 공부한 사람이라면 한번쯤 나무 위에 요정들이 앉아 있는 아기자기한 그림을 본 적이 있을 것이다. 그의 그림들이 카드에도 잘 응용되기 때문이다. 그는 창조자 신에 대한 인식으로 동물을 그렸고, 초월적 존재에 대한 상상력이 유별나게 강해서 광인狂人이라는 소리까지 들은 바 있다. 그는 이미 유년시절에 천사가 창밖 나뭇가지 위에 앉아 있는데 하느님이 유리창 안을 들여다보는 모습을 보았다고 한다. 모세의 혼령과 대화를 했으며, 호머Homer, 버질Virgil, 단테Dante의 혼령도 그를 찾아와 서로 대화를 나누었다고 했다. 이렇듯 신비스런 독자적 세계가 환상인지 실재인지는 타인이 판별할 수 없는 것이며, 그는 40년간 이러한 그의 상상력을 마음껏 시와 그림 속에 펼쳐 놓았다. 그리고 무려 천 페이지에 이르는 그의 방대한 전집에서 산문과 편지 등을 제외한 나머지 칠백 페이지는 거의 긴 예언시와 상징시들이어서 지극히 난해하다는 것이 일반적인 평가였다.

시에서 동물에 관한 이성적 관찰 대신에 상상력이 돋보이는 것은 모든 예술 작품에 공통되는 것이다. 실생활에서조차도 동물에 대해선 생각하기 나름인 경우가 허다하다. 예로 한국의 전래 설화나 동화에서도 호랑이는 무섭지만은 않다. 우리의 민화 속에 호랑이는 귀엽기까지 하다. 집안에서도, 시중 식당에서도 흔히 보게 되는 그림은 우렁차게 포효하는 것이 많다. 이글거리는 눈, 멋진 무늬의 털, 균형 잡힌 몸매 등은 블레이크가 묘사한 '호랑이'와 별로 다를 것이 없다. 사실 우리가 그런 호랑이나 심지어 용 같은 큰 동물을 실재 눈앞에서 보았다고 하자. 어디 감상할 여유가 있겠는가. 예로, 용꿈을 꾸면 길하다 하니 무섭지 않은 것 뿐, 혼자서 만나 악수라도 하라고 하면 도망가지나 않을까. 모두 각자의 관습적 의식에 따라 대상을 본다. 블레이크의 호랑이가 나에게 인상 깊었던 것은 그렇게 무서운 동물을 정교하게 만든 분을 생각하게 한 것이며, 그 독창적인 시상이 신비로웠기 때문이다.

블레이크의 시어 '용광로'를 상상해 봐도 우리가 바로 그 앞에 서 있으면서 아름답다고 느끼지는 않을 것이다. 그 몇 백 도의 열은 가까이 하기에는 너무나 위험스런 것이기 때문이다. 앞서 지적한대로 시인들이 시작의 기교와 노고를 상징하는 어휘로 대장간을 종종 활용하지만, 블레이크 시의 "호랑이 두뇌"를 상상하면 크고 강한 불길 같이 느껴진다. 하지만 우리네 대장간의 불은 그렇게 위험하지 않을 것 같다. 우리의 비유로는 무쇠를 벌겋게 불에 달구어 두드리고 때려서 무언가 단단한 새 용기를 만들어 내는 것, 즉 문장을 만드는 작가의 정신을 보여준다고 하겠다. 블레이크의 시어 용광로furnace는 우리말 아궁이로도 번역되지만 그 어감은 로爐 때문에 아무래도 큰불이 연상된다. 호랑이와 어울리는 어감이다. 신비스럽고 독자적인 비전이 함축된 시어이기에 이 '용광로' 단어 하나만 놓고도 해설의 폭을 넓힐 수 있다.

25세 때 결혼한 여성이 문자도 전혀 몰랐으나, 블레이크는 '보석과 같은 아내'라는 주위의 칭찬에 행복했을 사람이다. 일생을 빈곤 속에 살면서도 신비스런 시와 그림을 그렸고, 세상을 떠날 때는 천국의 환영을 바라보면서 미소 지었다고 한다. 그의 눈은 남달리 컸다고 하니 늘 넓은 하늘과 뜰의 꽃과 천사들을 골고루 보며 살았을 것이다. 대단히 친절한 작은 몸의 인물이라고 기록되고 있으니 마치 시인 자신이 작은 '어린 양'으로서 같은 피조물인 몸집 큰 '호랑이'를 보고 있는 것 같다.

윌리엄 워즈워스
William Wordsworth
| 1770–1850

영혼이 스며있는 자연의 신비가 인간에게 주는 축복

—— *William Wordsworth*

　　자연을 소재로 하여 풍부한 상상력을 발휘한 워즈워스 자신의 자연관은 과연 어떤 특성을 가지고 있을까. 이 물음은 19세기 낭만주의가 사라지고 난 후 오히려 20세기 후반에 들어서부터 더 다양하게 논의되고 있다. 이 말은 워즈워스를 논할 때 자연을 빼놓고는 말할 수 없다는 것을 재삼 일러주는 것이다. 어떤 비평가들은 워즈워스가 그린 자연에 대한 묘사는 실상 그 자연 자체의 모습이 아니라, 마치 신비주의자들이 자연을 통해 그 너머의 세계를 향하는 것처럼 통로에 불과한 자연이라고 말한다. 또한 신역사주의 비평의 시각이나, 어떤 의미에서는 마르크스주의 경향에서 바라보는 비평적 견해로는 시인의 자연관이 사회공동체와 연계성이 없는 그 자신의 개인적인 것이라고 평한다. 그래서 부르주아적 냄새가 물씬 풍긴다는 것이다. 낭만주의 사조를 풍미하기 시작한 당시에 과연 이런 생각을 갖고 그의 시를 읽은 독자가 몇 명이나 될까. 오늘날 또 새로운 비평의 시각은 지구의 생태학적 녹색문화의 시점이다.

이러한 관점의 추이로 보면 앞으로 더욱 우주의 과학문명에 대한 지식을 섭렵해야 할 시기에 우리는 지구상의 자연을 어떻게 볼 것인가 하는 또 다른 비평의 잣대가 나올 것이다. 그러나 여기에서는, 아직은 지구적 자연계의 현상을 보는 우리들의 눈으로 시점을 정하고 워즈워스 시 「틴턴수도원 몇 마일 위에서 지은 시」("Lines Written a Few Miles Above Tintern Abbey")의 일부를 통해 시인이 가졌던 자연에 대한 벅찬 감동을 느껴 보고자 한다.

우리가 처음 영국 낭만주의 시를 대할 때의 감동은 그 이전 시대와는 전혀 다른 새로운 것이었다. 바로 전 18세기는 합리성과 상식이 존중되었던 시대이다. 계몽적 시풍에 경색되어 머리가 무거워졌던 독자들은 아마도 19세기 낭만주의 시풍의 서정성에 긴장감이 풀린 듯 자유로움을 느꼈을 것이다. 이때까지 신고전주의 형식의 틀에 잡힌 모범적 잣대로 '고전을 따르라'는 문학적 길잡이는 때로는 시를 통해 삶의 귀감이 되는 교훈과 지혜로 마음의 혜안이 밝아질 수는 있지만 만인의 감성을 서정적 미풍으로 훈훈하게 하지는 않았을 것이다. 당시에는 고전이라면 당연히 호머Homer나 버질Vigil을 알아야 했다. 각 장르마다 어조나 어법, 그리고 문체 등을 적절하게 알맞게 해야 하니 시를 쓰는 사람도 고도의 지식으로 예법 또는 '적격'decorum이라는 것을 지켜야 하는 것이었다. '기지'wit를 중요하게 생각하면서도 이 또한 절제되지 않는 자유분방한 상상력에 의존해서는 안 된다는 것이다. 그러하니 시인이나 독자들이 낭만주의 시의 기수인 워즈워스 같은 사람이 나타나서 시는 격식을 따르지 않는 평범한 일상의 농부의 언어여야 한다고 했으니 독자들이 당시 얼마나 새로운 관심으로 그의 시를 대했을까 상상이 되고도 남는다.

워즈워스 자신은 농부도 아니었고 또한 그의 자연을 소재로 한 시도 평범하기는커녕 일상적인 것 이면에 숨어 있는 삶의 의미가 결코 평범하지 않다는 것을 우리는 알게 된다. 다만 그는 이전의 시가 그리는 자연과는 전혀 다른 것을 만들고자 했다. 이전의 자연은 단순히 눈에 비치는 자연현상과 자연 속에 인간의 도덕적 교양과 영구적인 가치를 지니는 교훈이 스며있었다. 하지만 이와는 다른 주장을 워즈워스는 그의 『서정 민요시집 서문』(Preface to Lyrical Ballards)에서 획기적으로 선언한다. 그는 시인은 단순히 공들여 시를 만드는 장인 같은 사람이 아니라, 시대의 위기에 빛을 던지는 인간성을 지녀야 한다고 역설한다. 즉, 어떤 규칙에 얽매이지 않고 "강렬한 감정의 자연발생적인 넘쳐 흐름"(the spontaneous overflow of powerful feeling)으로 시를 써야 한다는 것이다. 개인적인 내면의 감정이 그대로 창조적 상상력으로 이어져야 한다. 따라서 자연의 묘사도 외적 묘사가 아니라 시인 자신의 역동적인 감정의 반영인 것이다. 이성적인 의미를 찾는 것이 아니라 신비스런 경이감을 불러일으키는 것이다. 이러한 낭만주의 시의 경향도, 언제나 그렇지만, 한 시대가 지났다고 갑자기 한두 사람에 의해 등장하는 것은 아니다. 이미 낭만주의 시를 잇는 역할을 한 시인들이 전 시대에 서서히 나타나고 있었다. 제임스 톰슨James Thomson, 토머스 그레이Thomas Gray, 윌리엄 쿠퍼William Cowper 등은 신고전주의 형식을 버리지는 않았지만 후에 따른 시인들이 관심을 둘 만큼 낭만주의 요소들이 스민 시를 쓴 사람들이다. 시대적으로 낭만주의 시인들은 프랑스 혁명이라는 격동기의 영향을 받아 과거로부터 벗어나는 자유로운 혁신을 문학에서도 기대했었다. 일상어로 시를 쓴다는 것도 자유로움의 일환이고, 먼 이국적인 정서에 매료되기도 하여 신비스런 고딕풍의 중세적인 음산하고 괴기스런 것에도 흥미를 가졌다. 워즈워스와 함께 낭만주의 기수로서 『서정 민요시집』을 펴낸 콜리지Samuel Taylor Coleridge가 쓴 「노수부의 노래」("The Rime of the Ancient Mariner")가 바로 그러한 초자연적인 분위기의 시로 꼽힌다.

워즈워스의 '틴턴수도원'도 그러한 초자연주의적인 힘이 자연 속에 내재해 있으며 시인의 상상력과 직관에 의한 그의 자연관을 살필 수 있는 대표적인 시이기에 이제 이를 감상해 보자. 이 시는 『서정 민요집』의 맨 뒤에 실린 것이다. 워즈워스는 이 시를 쓸 때 마음이 가장 즐거운 상태였다고 한다. 그래서인지 우리도 인간의 마음과 조화된 자연을 특별한 해설 없이도 기분 좋게 감상해 볼 수 있다.

틴턴수도원 몇 마일 위에서 지은 시

다섯 해가 지났다. 다섯 번의 여름, 긴 기간의
다섯 번의 겨울이! 그리고 다시 나는 듣나니
이 물소리를 산속 샘에서 흘러나오는
이 부드러운 내지의 속삭임을. 다시 한 번
나는 보고 있으니 이 가파르고 높은 절벽을,
황량한 격리된 정경은
더욱 깊은 은둔의 생각들을 통감케 하며
그 풍경은 하늘의 고요함과 이어진다.
내 다시 여기서 쉴 날이 왔으니
여기, 이 짙은 시카모 나무 아래서 그리고 바라보는 것은
오두막집 터, 이 과수원 숲

이 계절에는, 아직은 열매를 맺지 않고

녹색의 새로운 옷을 입은 그들 열매들은

작은 숲과 덤불 가운데 뒤섞여 있다. 다시 한 번 보는 것은

이 죽 늘어선 관목 울타리, 울타리로 보기보다 오히려 가느다란 줄들은

소탈하게 자란 나무들이 제멋대로 펼쳐 만들어 낸 것이다; 이 목가적

　농장은

바로 문 앞까지 푸르고; 소용돌이치는 짙은 안개가

피어오른다, 조용히 나무들 사이로!

어렴풋이 알 수 있는 것은,

집 없는 숲속의 방랑하는 거주자의 것이거나

또는 어느 은둔자의 동굴이 있는 듯, 그곳 화롯가에는

은둔자가 홀로 앉아 있는.

LINES WRITTEN A FEW MILES ABOVE TINTERN ABBEY, ON REVISITING THE BANKS OF THE WYE DURING A TOUR, July 13, 1798

Five years have past; five summers, with the length

Of five long winters! and again I hear

These waters, rolling from their mountain-springs

With a sweet inland murmur. — Once again

Do I behold these steep and lofty cliffs,

Which on a wild secluded scene impress

Thoughts of more deep seclusion; and connect

The landscape with the quiet of the sky.

The day is come when I again repose

Here, under this dark sycamore, and view

These plots of cottage-ground, these orchard-tufts,

Which, at this season, with their unripe fruits,

Among the woods and copses lose themselves,

'Mid groves and copses, Once again I see

These hedge-rows, hardly hedge-rows, little lines

Of sportive wood run wild; these pastoral farms,

Green to the very door; and wreathes of smoke

Sent up, in silence, from among the trees!

With some uncertain notice, as might seem,

Of vagrant dwellers in the houseless woods,

Or of some hermit's cave, where by his fire

The hermit sits alone.

위의 22행까지의 장면을 보면 워즈워스가 1793년 8월 23세 때 홀로 방문했던 곳의 정경들을 5년 만에 다시 찾으면서 그때의 기억을 회상하고 오늘의 감상을 적는 것으로 시작하고 있다. 동생과 함께 와이Wye강과 틴턴수도원을 4,5일 산책한 후 브리스톨로 돌아올 때는 이 시가 완성되었다고 한다. 여기서 "조용히 흐르는 물"이라고 한 것은 와이강의 상류가 바다의 영향을 받지 않기 때문이다. 한여름 나뭇잎이 무성하고 짙은 녹색의 숲은 과일나무가 풍성하게 있지만 아직은 무르익지 않아서 숲의 색조와 소박하게 어우러져 있다. 누가 일부러 가꾸어 놓은 숲이 아니어서 울타리라고 말할 수조차 없는, 제멋대로 자란 나무들이 만든 선이다. 시인은 이런 야생적인 자연 그대로의 정경들을 5년 전처럼 바라보면서 숲에서 피어오르는 안개가 혹시 은둔자의 거처가 아닌지 상상해 보는 것이다.

다음 23행부터는 그가 꼭 이 장소에 와보지 않더라도 소음이 있는 도시에 있을 때 자주 이 자연의 정경을 떠올리면서 감회에 젖었던 일을 고백하고 있다.

이 아름다운 형상들은,
오래 찾아보지 않았어도, 내게는
눈이 보이지 않는 사람에게 비치는 경치가 아니었고;
오히려 때때로, 호젓한 방에서, 근교의 소도시와 큰 도시들의
소음 속에서, 내가 그 형상들에 빚진 바 있었으니,
지쳐 있던 시간에, 감미로운 감각들이,
피 속에서 느껴지고, 또한 심장을 따라 느꼈으며;
그리고는 심지어 내 순수한 정신 속으로까지 스며들어,
고요히 되살아나는;─또한 감정에서도
기억나지 않는 즐거움들이 떠오르는 것이었다; 그러한 것은, 어쩌면,
한 선량한 인간이 삶의 가장 좋은 부분에 끼치는
결코 작거나 보잘것없는 영향이 아닌 것이니,
그의 작고 이름 없는, 기억나지 않는,
친절과 사랑의 행동들에게도 영향을 끼친 것이다.
이에 못지않게, 나는 믿나니
그 형상들에게 내가 받았을 또 다른 선물은,
한결 순고한 면에서; 그 축복받은 기분이니

그 속에서 알 수 없는 삶의 짐과,

불가해한 세계의 모든

무겁고 힘든 무게가,

가벼워지는 것이다—그런 조용하고 축복받은 기분에서,

애정은 부드럽게 우리를 인도하니,—

마침내는 이 육신의 숨결과

우리 인간의 혈액의 운동조차 정지되어,

우리가 육체에서 잠들고 살아있는 영혼이 되는

그 평정한 행복스런 기분을;

한편 조화의 힘과 환희의

깊은 힘에 의해 고요해진 눈으로

우리는 사물의 생명을 응시한다.

                    These beauteous forms,

Through a long absence, have not been to me

As is a landscape to a blind man's eye:

But oft, in lonely rooms, and mid the din

Of towns and cities, I have owed to them,

In hours of weariness, sensations sweet,

Felt in the blood, and felt along the heart,

And passing even into my purer mind

With tranquil restoration:—feelings too

Of unremembered pleasure; such, perhaps,

As have no slight or trivial influence

On that best portion of a good man's life;

His little, nameless, unremembered acts

Of kindness and of love. Nor less, I trust,

To them I may have owed another gift,

Of aspect more sublime; that blessed mood,

In which the burthen of the mystery,

In which the heavy and the weary weight

Of all this unintelligible world

Is lighten'd: —that serene and blessed mood,

In which the affections gently lead us on,

Until, the breath of this corporeal frame,

And even the motion of our human blood

Almost suspended, we are laid asleep

In body, and become a living soul:

While with an eye made quiet by the power

Of harmony, and the deep power of joy,

We see into the life of things.

이 구절에서 워즈워스는 자연을 보는 순간의 기쁨보다 오래 가슴 속에 남아 때때로 되살아나는 감동을 귀하게 적고 있다. 이러한 회상은 그의 다른 시들 전반에 걸쳐 읽을 수 있는 자연을 통한 축복의 기억들이다. 도시의 피곤한 일과 가운데서 틈틈이 그 광경들을 "평정 속에서 떠올리며"(recollected tranquility) 위로받을 수 있다는 것이 워즈워스의 시론이다. 틴턴수도원은 웨일즈 접경 지역의 와이강 계곡에 자리하고 있으며,

폐허가 되어 자연 속에 함께 있으니 신비스러운 분위기일 것이다. 이곳을 처음 방문했을 때의 풍경은 시인의 기억에 남아 있는 것이고 지금 다시 만나고 있는 현재의 풍경과 꼭 일치하는 것은 아니다. 그러나 과거의 명상은 시각장애인이 보지 못하는 것과는 달리 시인은 때때로 되살려본 것이니, 환상이 아닌 명상으로 심미적인 경험을 할 수 있는 것이다. 그런 경험들은 한 선량한 인간의 최선의 부분에까지 영향을 끼치는 것이라고 말한다.

워즈워스가 태어난 곳은 영국 컴버랜드Cumberland의 콧커무스Cockemouth이고 호수 지방의 시골학교에서 초기교육을 받았다. 자연에 대한 남다른 감각은 그가 시골에서 오랫동안 생활한 것에서 기인한다 하겠다.

위에서 살펴본 것은 전체 158행에서 불과 48행까지만 적은 것이다. 그런데도 우리는 그가 얼마나 침착하게 인내심을 갖고 자연을 관찰하고 있는가를 알 수 있다. 도시의 소음 속에서도 되살릴 수 있을 만큼 강한 인상들, 그것은 자연에 대해 감동하고 애정을 갖는 시인만이 표현할 수 있는 시구들이다. 그가 묘사하는 인간은 숲속에 살고 있는 어느 외로운 은둔자처럼, 또는 나무나 바위와 함께 자연의 일부인 것이다. 자연과 인간이 똑같이 소박하게 느껴지는 감성은 흔히 우리가 종교적인 믿음으로 자연을 받아들일 때의 행복감 같은 것이리라.

워즈워스가 숲의 장면을 세세히 묘사하는 사실주의적 표현을 사용하면서도 우리에게 전달되는 것은 시인의 도덕주의적 생각과 신비적 요소이다. 때문에 워즈워스가 그리는 자연은 단지 외부적인 양상을 물리적으로 파악한 것이 아니라, 인간과 자연과의 관계에서 영혼이 스며있는 자연이다. 틴턴수도원이 폐허처럼 남아 있다 해도 시인의 명상 속에 기억된

모습은 현실 세계에서 언제나 그의 젊은 날의 감정을 생생하게 되살려줄
만큼 변함없는 존재이다. 요란한 소리를 내는 폭포 소리이면 그의 열정을
다시 북돋으며, 바위, 산, 그리고 숲도 소년 시절에 느꼈던 욕구를 다시
생각나게 한다.

우리가 젊은 날 가졌던 사물에 대한 민감한 반응은 다시 생각해 보
아도 큰 축복이 아닐 수 없다. 워즈워스처럼 자연을 통해 받은 깊은 인상
이 있다면 가슴 속 깊이 우리의 영혼 속에 자리하여 미지의 세상을 살아
가는데 지게 될 무거운 짐들을, 그의 말대로 가볍게 해줄 수 있을 것이다.
우리가 힘들 때 우리의 마음을 위로해 주는 고맙기 그지없는 자연, 우리
는 그것으로 인해 단지 한번만 보고 지나가는 것이 아니라 항상 음으로
양으로 영향 받으며 살아갈 수 있지 않겠는가. 그것이 워즈워스가 그의
시에서 자연을 통해 보여준 능동적인 영혼active spirit인 것이다.

조지 고든 바이런

George Gordon Byron

| 1788~1824

열정의 양면성, 비상한 정열과 독단적 자유

— *George Gordon Byron*

바이런은 낭만주의 시인 키츠John Keats의 고통스런 집안 환경과는
달리 영국 귀족 가문에서 태어났으면서도 자유를 찾기 위해 반항적인 삶
을 택했던 시인이다. 그 역시 짧은 36세의 생애였고 그의 삶에서 자유는
고통이었다. 바이런은 영국의 보수적인 사회제도가 인간의 자유를 억압
한다고 보고, 사회에 대한 반항심으로 두 차례나 영국 땅을 등지고 긴 유
럽여행에 나섰다.

바이런의 걸작인 「돈 주앙」("Don Juan")에서 볼 수 있듯이 바이런
은 자신을 "반항을 위해 태어났다"(I was born for opposition)고 말한다.
그가 삶을 풍자한 시의 주제는 거의가 현실에 대한 절망 아니면 풍자이
다. 연인과 이루지 못하는 사랑과 고통, 죽음과 부귀영화의 허무함, 고독

한 개인, 고통과 위안, 그리고 자연에서 얻는 교훈 등이다.

감수성이 예민한 바이런은 남달리 많은 젊은 날의 연애사건과 여행에서 정신적 위안을 찾는 듯했다. 그는 캠브리지 대학 트리니티 칼리지에 다닌 3년(1805-1807) 동안에도 강의시간에 출석하는 것보다 런던에서 더 많은 시간을 보냈다. 하지만 그는 아버지와 함께 부전자전 염문을 뿌리면서도 3권의 시집을 낼만큼 시작詩作에 대한 열정도 남달랐다. 그의 초기 연애시에서 볼 수 있는 열정은 그의 실생활을 반영시킨 듯하다. 그는 미모의 부잣집 딸 안나Anna Isabella와 결혼하고도 캐롤라인 부인과, 또 옥스퍼드 부인과 염문을 뿌려 결혼 1년 만에 이혼당하고 만다. 이미 『차일드 해럴드의 순례』(Childe Harold's Pilgrimage) 1편과 2편을 출판하여 시인으로서의 명성을 어느 정도 얻은 후였으니 추문으로 받은 비난의 화살은 그로 하여금 심리적인 고통을 면할 수 없게 하였고, 1816년 4월 24일 도피하듯 영국을 떠나 스위스 제네바로 가게 된다. 이런 상황이라면 여성편력을 잠재울 만한데도 아름다운 그곳에서 그의 마음이 침울해질 일이 아닌 듯 또 염문을 뿌린다.

그는 친한 샐리와 그의 부인 메리, 그리고 클래어와 즐겁게 여름을 보내면서 클래어뿐 아니라 묵고 있던 집주인의 부인과도 염문이 있었다. 그리고 그런 가운데에도 『차일드 해럴드의 순례』 제3편을 써냈다. 또한 1817년 1월 12일에는 클래어가 바이런의 딸을 낳게 된다.

바이런은 7년 동안 베니스에 살 때도 아름다운 유적지를 찾아 여행하면서 감명 깊었던 일들을 『차일드 해럴드의 순례』에 반영하고 있다. 그후 또 한 번의 테레사 백작부인과의 염문도 그의 젊은 날 애정기록에 첨가되었으니 36세의 생애 가운데 이러한 끊임없는 행적은 마치 그가 추구했던 이상에 대한 반증, 허무와 고통에 대한 위안의 길인지도 모른다. 그가 정열을 이성과의 만남에서만 찾은 것은 아니다. 이탈리아의 카르보나리Carbonari는 당시 오스티아 통치에 저항한 혁명 운동가였다. 이 운동에 관여했던 바이런은 이탈리아의 애국운동가들이 분열되어 뜻을 이루지 못한 양상을 지켜보다가 1820년부터는 절필을 하여 불만을 표시하기도 했다.

그런가 하면 3년 후에는 당시 세력을 확장시키고 있던 터키 지배하의 그리스에 넘어와 그들의 독립운동에도 가담했다. 이러한 국경을 초월한 자유주의 사상은 바이런 특유의 강렬한 신념의 발휘였던 것이다. 이에 그리스 시민들이 감동한 것은 당연한 일이다. 하지만 뜻을 이루지 못하고 그곳에서 1824년 4월 19일, 열병으로 36세를 일기로 그의 넘치는 정열은 끝이 났다. 파란의 격정도 그가 완성한 시작詩作에는 결격이 아닌 듯, 그의 장례식은 그리스에서 국장으로 거행되었고, 그 후 그의 유품들은 시집을 포함해 아테네에 있는 국립역사박물관에 전시되었다. 그의 유해는 영국의 고향 뉴스태드 성당 가까이의 가족묘지에 안장됐지만 그를 칭송한 그리스 사람들은 아테네 공원에 아름다운 대리석상까지 세웠다.

이렇듯 그를 일약 유명한 시인으로 만든 것은 자유를 갈망하며 소아시아와 유럽지방을 유람하면서 쓴 『차일드 해럴드의 순례』인데, 각지의 다양한 경관과 정치·사회의 위선과 부패에 대한 풍자가 들어 있어 독자들의 흥미를 끌었다. 이를 두고 바이런 스스로도 자고 일어나니 하루아침에 유명해졌다고 표현했다. 그럼 여기에서는 바이런이 여인의 아름다움을 찬양하는 대표적인 시를 먼저 읽어 보고, 다음으로 수많은 만남이 있으면 당연히 이별도 따르는 것이니, 그의 이별시 한 편도 뒤이어 읽어 보기로 한다.

그녀는 아름답게 걷는다

그녀는 아름답게 걷는다
구름 한 점 없는 풍토에 별들이 총총한 밤하늘처럼
어둠과 밝은 빛의 정수들이 모두
그녀의 얼굴과 눈에서 만난다
어떻게 그 부드러운 빛으로 무르익는 것은
하늘이 뻔쩍이는 낮에게는 거절하는 것

그늘이 하나 더 있거나, 빛이 하나 덜하다면
형언할 수 없는 아름다움은 반쯤 손상되었을 것이니
그것은 모든 검은 머리카락에 물결치던
또는 부드럽게 그녀의 얼굴 위를 비쳐주던 것들
맑고 감미로운 생각들이 얼굴에 나타나니
그 생각 담긴 곳 얼마나 깨끗하고 얼마나 사랑스러운가

그리고 그 볼 위에 또한 그 이마 위로
너무나 부드럽고 너무나 잔잔한 그러면서 설득력 있게
마음을 사로잡는 미소, 타오르듯 빛나는 얼굴색
선량하게 살아온 지난날을 말해주는 것이니
마음은 지상의 모든 것과 평화롭고
순결한 사랑을 담은 가슴

She Walks in Beauty

She walks in beauty, like the night
　　Of cloudless climes and stary skies;
And all that 's best of dark and bright
　　Meet in her aspect and her eyes;
Thus mellowed to that tender light
　　Which heaven to gaudy day denies

One shade the more, one ray the less,
　　Had half impaired the nameless grace
Which waves in every raven tress,
　　Or softly lightens o'er her face;
Where thoughts serenely sweet express,
　　How pure, how dear their dwelling place.

And on that cheek, and o'er that brow,
　　So soft, so calm, yet eloquent,
The smiles that win, the tints that glow,
　　But tell of days in goodness spent,
A mind at peace with all below,
　　A heart whose love is innocent!

이 시는 전통적인 형식으로 여인의 아름다움을 찬양한 것으로, 셰
익스피어 소넷의 경우처럼 단순한 운율임을 알 수 있다. 바이런이 여기에

묘사한 아름다운 여성은 그의 외사촌형의 부인인 로버트 존 윌모트Mrs. Robert John Wilmot로 알려져 있다. 윌모트 부인을 만난 다음날 아침에 바이런이 그 아름다운 인상을 적은 것이다. 1,2연에서 볼 수 있는 어두운 밤과 검은 머리 등의 색조는 윌모트 부인이 당시 금박을 한 검은 상복을 입고 있었기 때문이라고 한다.

우리는 아름다움을 볼 때 흔히 이질적인 두 요소를 견주어 보면서 압도적으로 미의 우세함을 느낄 때가 있다. 무엇과도 비교할 수 없는 아름다움이라는 긍정이다. 이 시는 처음 시작부터 그런 대비를 통해 빛나는 아름다움을 보여준다. 어둠 속에서 빛나는 모습은 환환 대낮과는 비교할 수 없을 만큼 뚜렷이 부상된다. '눈부신 햇빛에 세세히 비쳐진 그대의 아름다움이여'라고 했다면, 오늘의 연상으로는 해변에 비키니 차림으로 누워 있는 여인을 묘사할 때 적합한 표현일지 모른다. 이제 우리는 바이런 시대를 상상해야 한다. 바이런의 여성 찬양 시간대인 별이 빛나는 밤하늘, 더구나 "구름 한 점 없는 풍토"(climes)라는 구절의 "풍토"는 '고장' 또는 '나라'의 시어로도 쓸 때가 많기 때문에 하늘은 티 없이 넓고 자유로운 곳의 밤을 연상하게 만든다. 고통스럽던 고국을 떠나 지중해 여러 나라를 돌면서 바이런이 갈망한 것이 자유와 사랑이 아니겠는가. 별이 총총한 밤하늘의 아름다움, 그리고 그것은 대낮에는 볼 수 없다는 대비는 낮이 저속하게 "번쩍거린다"(gaudy)는 비유가 과장스럽게 느껴지기까지 하다.

그러나 이 시는 그 아름다움을 외적인 모습에만 치중하지 않고 곧 마지막 3연에서 주인공의 때 묻지 않은 내면의 품격으로 마무리하고 있다. 이는 매우 정돈된 느낌을 주며 외부와 내부의 조화에서 독자는 심미적 감동을 느끼게 된다. 우리의 내면이 처음 누군가를 만났을 때 종이에 각자의 미덕을 써서 붙이고 다니지 않는 한 이렇듯 바이런에게처럼 강한 매력을 줄 수 있을까. 더구나 걸음걸이 하나로 시작하여 여인이 살아온 선한 과거 행적까지 즉각 평가될 수 있을까. 여기에서 굳이 시인의 상상력과 우리의 현실을 비교할 필요는 없을 것이다. 그가 즐겨 쓴 "선량함," "순결함"은 낭만주의 시인들이 즐겨 쓰는 시어들이며, 윤이 나는 머리칼은 까마귀raven 색인데도 이를 아름다운 검은 머리 단으로 연상하게 만드는 것도 시인만이 할 수 있는 어두움의 비유인 것이다. 빛의 대비 또는 조화뿐 아니라 각운이 있는 시어들로 인해 셰익스피어의 소넷을 읽을 때처럼 독자들은 음악성 있는 낭송을 할 수 있을 것이다.

그럼 이제 만남의 황홀한 시 뒤에 있을 수 있는 이별의 시 「우리 둘이 헤어졌을 때」("When We Two Parted")를 읽어 보기로 하자.

우리 둘이 헤어졌을 때

우리 둘이 헤어졌을 때
말없이 눈물만 흘리며,
반 쯤 찢어질 듯한 가슴은
많은 해를 끊어야 하기에 그랬던 것,
그대의 뺨은 창백해지면 차가웠고,
더욱 차가운 것은 그대의 입맞춤;
참으로 그 시간은 예고된 것으로서
지금의 슬픔이 있으리라는 것을.

그날 아침의 이슬은
내 이마 위에 차갑게 내려앉았고―
나는 어떤 경고 같은 걸 느꼈으니

그건 지금 내가 느끼는 이 감정이었다,
그대의 맹세는 모두 깨어졌고,
그리고 가벼워진 것은 그대의 명성;
그대 이름이 사람들 입에 오르내리는 것을 들으면
나도 같이 수치심을 갖는다.

When We Two Parted

When we two parted
   In silence and tears,
Half broken-hearted
   To sever for years,
Pale grew thy cheek and cold,
   Colder thy kiss;
Truly that hour foretold
   Sorrow to this.

The dew of the morning
   Sunk chill on my brow－
It felt like the warning
   Of what I feel now.
Thy vows are all broken,
   And light is thy fame:
I hear thy name spoken,
   And share in its shame.

이 시는 4연으로 구성되어 있다. 우선 두 연까지를 살펴보기로 한다. 앞서 적은 아름답게 걷는 주인공과는 상관없이 읽을 수 있는 이별시이며, 이별 훗날의 화자가 토로하는 솔직한 감정으로 보면 될 것이다. 또한 여기 실연失戀의 대상은 바이런이 만난 수많은 여성 가운데 누구와도 연관될 수 있을 것이다. 이 시는 고통스런 실연의 감정을 각 연마다 뚜렷이 적고 있다. 바이런에 대한 전기적 사실을 읽어 보면, 역대 시인들 중 짧은 생애 가운데 바이런만큼 온갖 사랑에 정열을 쏟은 사람이 또 있을까 싶은 정도여서 일일이 그 예를 이 시에 대해 거론할 필요는 없을 것이다. 더구나 그가 이탈리아에 정착하고 있던 당시 상류사회의 풍습은 마치 이전 중세 기사도의 일면이 연상되기에 조금은 관용의 이해가 가긴 한다. 다름 아닌 과장스런 귀부인 숭배 관행이 아직도 남아 있는 것처럼 보이기 때문이다. 이에 대한 연구는 또 다른 분야지만 당시 부인들이 공공연히 남편 이외의 남성을 '시중드는 남자'Cavalier Servante로 칭하면서 두고 있었다니 바이런의 자유로운 행적이 상상이 간다.

첫째 연에 있는 "끊는다"(sever)라는 단어는 많은 해를 끊을 수밖에 없다는 단절의 세월을 말한다. 조용히 눈물 흘리며 이별이 입맞춤을 할 때 이미 사랑의 회복은 불가능한 것으로 예고되었다는 것이다. 아니나 다를까 둘째 연에서 화자는 연인의 가벼워진 명예를 알고는 부끄럽게 생각한다. 사람들의 입에 오르내릴 때 수치심을 느낄 정도로 실망의 대상이 되고 있는 것이다. 연인들끼리의 맹세란 실효가 없는 계약서 같은 것이리라. 열정이 식으면 연인의 이름에서부터 후회와 유감을 느낀다는 것은 유독 바이런만의 심정은 아닐 것 같다. 이전의 사랑은 무슨 이름으로 불러야 하며, 어떤 의미도 가치도 없는 것일까. 이 부분을 읽으면 인간의 감정이 세월보다 더 덧없는 것이고 셰익스피어 극에서 볼 수 있는 '변덕스런 운명의 장난'(the fortune is a fickle jade)이라는 말이 연상된다.

　　다음 세 번째 연에서 화자는 더 나아가 이전에 그토록 사랑했던 연인의 이름을 마치 장례식 종소리처럼 듣고 있다.

　　사람들이 내 앞에서 그대의 이름을 말하면
　　내 귀에는 조종 소리이니
　　나는 어떤 몸서리에 휩싸이고 만다─
　　어찌 그대는 그처럼 사랑스러웠던가?
　　사람들은 모른다. 내가 그대를 알았던 것을,
　　너무나 그대를 잘 알았음을:─
　　오래, 오래도록 나는 그대를 연민해야 되는가,
　　말하기에는 너무나 깊이.

　　비밀리에 우리는 만났었다.─
　　나는 침묵으로 슬퍼한다,
　　그대 마음이 잊을 수 있었다는 것을
　　그대의 정신은 기만이었음을,
　　만일 내가 그대를 먼 훗날
　　세월이 지나 만나게 된다면
　　어떻게 그대에게 인사를 해야 하나?─
　　말없이 그리고 눈물로

They name thee before me,
　　A knell to mine ear;

A shudder comes o'er me —
　　Why wert thou so dear?
They know not I knew thee,
　　Who knew thee too well:
Long, long shall I rue thee,
　　Too deeply to tell.

In secret we met —
　　In silence I grieve,
That thy heart could forget,
　　Thy spirit deceive.
If I should meet thee
　　After long years,
How should I greet thee?
　　With silence and tears.

바이런의 여성편력이 많았다 하여 여인의 아름다움을 보는 눈이 타성에 젖어 점점 무감각으로 간 것은 아닌 듯, 시 속의 만남과 헤어짐의 정경은 명료하다. 연인이 먼저 불명예스런 행동을 해서 화자 자신이 큰 실망감을 감추지 못하고 있는 듯하다.

　　이와는 달리 첫 번째로 읽은 시에서의 "아름답게 걷는 여성"은 꼭 연인을 말한 것은 아니었다. 시인의 감동의 전율은 미를 발견했을 때 이미 시를 쓰려는 마음으로 넘쳐흐르는 듯했었다. 마치 낭만주의 시에 대해 워즈워스가 "자연발생적으로 넘쳐흐르는 강렬한 감정"이 "고요 속에 다시 회상되는" 것을 적는다고 한 것처럼, 바이런의 시도 이러한 맥락으로 읽을 수 있었다. 그는 워즈워스의 시를 지루하다고 평했었다. 그런 면에서는 바이런의 이별에 대한 감상은 퍽 냉혹하고 현실적이다. 시인이 한때 깊이 그녀를 알았다는 것을 숨긴 채 남들 앞에서 실망으로 수치심을 느낀다는 것도 연민보다는 증오에 가까운 심정이 아닐까.

바이런은 앞서 언급했듯이 그의 걸작 『돈 주앙』에서도 주인공이 사회의 부패타락을 증오하고 이를 폭로하는 내용을 담았고, 도덕률의 허위와 통치자들의 위선을 야유, 질타하였다. 16편으로 구성된 풍자적 서사시 epic satire인 『돈 주앙』의 줄거리는 여자와의 갈등 때문에 주인공이 집을 나와 어떤 섬에 오게 되는데, 그곳에서 새로 만난 하이디라는 아름다운 여성과 열애에 빠지는 것이다. 그 후 해적인 하이디의 아버지가 그를 노예시장에 팔아버리는가 하면 고생길에 들어선 그는 바다 속에 던져지기도 하지만 천신만고 끝에 궁중에 들어가 거기서 여왕의 총애를 받으며 살아간다는 이야기이다.

이렇듯 바이런의 시에는 그의 실생활에서처럼 끊임없이 여성들이 등장하여 열정적인 만남과 절망의 수치심을 말하고 있다. 그는 영국 사회에 대한 반항 정신으로 도덕적 위선과 사회의 부패를 질타하면서도 자신의 여성편력은 부도덕하다고 느끼지 않은 것 같다. 왜냐하면 여성에게 그가 칭송했던 지고한 아름다움과 선량함이 없어지면 가차 없이 그의 마음이 돌아설 수 있음을 위의 두 시의 대비에서 엿볼 수 있기 때문이다.

그는 가족을 배경으로 귀족 가문의 세습제도에 따라 상원의원이 되고 바이런 경Lord Byron의 칭호를 가졌으면서도 당시 영국사회에서는 거친 성격의 인물로 알려졌었다. 그의 귀족풍의 수려한 용모는 어릴 적 소아마비로 인해 약간의 불편한 겉모습과는 상관없이 많은 여성들에게 특별한 매력으로 느껴졌던 것 같다. 유럽과 달리 영국에서는 그가 생존해 있을 때 소수 집단에 의해서만 시인으로서 그의 명성이 인정됐지만, 프랑스의 비평가 테느Taine는 1850년 후반에 내놓은 그의 역작 『영문학사』에서 바이런이 다른 시인들에 비해 가장 위대하다고 길게 언급하였다. 이렇듯 바이런은 프랑스와 독일 낭만주의 문학에도 많은 영향을 주었기 때문에 괴테는 그를 "유럽적인 천재"(European Phenomenon)라고 높이 평가했다. 비범하고 놀라운 사람이라는 뜻에는 그가 낮에는 시작을 하고 밤에는 사랑을 한다는 세평을 넘어선 시인으로서의 업적으로 보아야 할 것이다. 그리스 사람들이 그의 조상을 아테네 공원에 깨끗한 대리석으로 만들어 세워 놓은 것도 그런 긍정적 평가가 아니겠는가.

P. B. 셸리
Percy Bysshe Shelly
| 1792–1822

힘찬 서풍, 그 자유로움에 얹히고 싶다

—— *Percy Bysshe Shelly*

셸리의 「서풍에 부쳐」("Ode to the West Wind")는 어떤 특별한 해설 없이 시 자체를 낭송하듯 읽으면 독자도 어느덧 바람이 되어 구름 위로, 바다 위로 휙휙 떠 가는 기분이 될 것이다. 이 시의 진수는 이처럼 자유로운 바람에 대한 찬양이다. 셸리가 펼치는 생명력 있는 자연, 그 움직임에는 다 그 나름의 이유가 있는 것, 우리가 "서풍"에 실려 함께 날아가 보면 셸리의 사상이 어떤 것인지 읽을 수 있다. 서풍이 만나는 갖가지 사물의 실체는 정신적인 것의 상징물이기 때문이다. 그러나 흔히 서정시 속의 자연현상이 그렇듯, 이 시의 '바람'의 행로도 예지와 감성으로 읽는 시적 상징이기에 21세기 정보로 아는 과학적 지식의 자연 동태와는 무관하다. 나 역시 요즘 그의 시를 꺼내 읽으면서, 도대체 셸리는 폭풍우에 파도의 격랑까지 덮치는 바다를 알면서 아마도 그 속에서 자신의 죽음까지도 예감했을 터인데 「서풍에 부쳐」의 바람에 온 정기精氣를 증발시키고 있는 것인가를 새삼 물었다. 결국 그는 30세 젊은 나이에 바람의 자유로움이 지나치게 넘친 바다에서 아깝게도 목숨을 잃지 않았는가.

1792년에 출생하여 1822년 스페차만 바다에서 익사하기까지, 셸리는 그의 짧은 생애에 비해 논란거리가 많은 삶의 흔적을 남겼다. 따라서 그 행적들이 마음에 안 든 사람들은 그의 시를 편견으로 따져 보려 하겠지만, 아마도 셸리 자신은 그런 것을 신경 쓸 리 없을 것이다. 영국 낭만주의 시인들 중 셸리는 누구보다도 자유를 향한 갈망이 왕성했던 시인이었다. 서섹스Sussex주의 필드 플레이스Field Place의 준남작 가문의 장남으로 태어났으니 평탄하고 유복한 생활을 했을 만한데 그렇지가 않았다. 그의 예민한 감수성은 어릴 때부터 유독 기이한 것에 관심이 많았다. 소년시절에는 보통 학생들과는 달리 행동하여 '미친 셸리'mad Shelley로 불릴 만큼 규칙적인 학교생활은 그의 적성에 맞지 않았다.

청년기에는 그 자신의 생각에 스스로는 진보적 사고라고 여겼지만 당시 사회관습으로 보면 대단한 반항이어서 이튼Eton이나 옥스퍼드대학에서 두드러진 환경불순응 학생으로 지목되었다. 예로, 그의 방 안에는 실험도구인 화학기구 같은 것이 잔뜩 채워져 있었으니 유별난 학생으로 지목받는 것은 너무나 당연한 일이었다. 아니나 다를까 그는 18세가 된 봄에 괴기소설의 일종인 『자스토로지』를 내놓았다. 4년 전 이미 「방랑 유태인」이라는 시를 쓴 후였다. 또한 셸리는 옥스퍼드대학 재학시절 『무신론의 필연성』(The Necessity of Atheism)이라는 매우 파격적인 글을 발간하여 결국 입학한지 일 년이 안돼서 퇴학당하고 말았다. 이 책자는 불과 2페이지로 된 간단한 것이었지만 제목만 보아도 당시의 학생 신분으로서는 물의를 일으킬만한 것이었다.

3월에 퇴학한 셸리는 5개월 후 커피숍 주인의 딸과 결혼한다. 19세의 셸리와 결혼한 해리엇 웨스트브룩Harriet Westbrook도 겨우 16세의 소녀였다. 파란만장의 길을 가려는 젊은 시인을 지켜본 젊은 아내는 5년 후 (1816년) 런던의 하이드 파크에 있는 서팬타인Serpentine 연못에 몸을 던져 익사하고 만다. 비록 셸리가 그의 여동생 친구였던 해리엇과 동정적으로 성급하게 결혼한 것이지만, 20대 초반의 신부로서는 염문을 뿌리며 방랑하는 신랑에게 더 이상 행복의 실마리를 찾을 수 없었으리라. 아내는 실망과 비탄의 표시로 자살이라는 극단적인 방법으로 최후통첩을 보낸 것이다. 셸리는 그해 무정부주의 사상가인 윌리엄 고드윈William Godwin의 딸 메리 고드윈과 결혼하여 2년 후에는 영원히 영국을 떠나 이탈리아 각지를 전전하면서 많은 글들을 집필하였다. 그가 시인 바이런을 만난 것은 제네바에 머물던 때였다. 바이런이 4세 위였으니 동시대 시인들로 서로 존경과 칭송의 마음을 품고 우정을 나누었다고 한다. 두 시인의 친교에서 주고받은 영감과 문학적 자극이 컸음은, 왕성한 그들의 시작활동의 결과물로 짐작할 수 있다.

셸리의 자유주의 사상은 그의 시 속에 그리스가 묶어놓은 프로메테우스도 풀어 놓는 힘을 발휘했다. 프로메테우스에게 애인을 하나 만들어 주고 사랑의 힘으로 묶였던 끈도 풀 수 있었던 것이다. 이렇듯 그의 시 「묶이지 않은 프로메테우스」("Prometheus Unbound")에서 볼 수 있듯이 그의 반항성은 인간에 대한 사랑, 박애주의에 근거한 것이었다. 바이런이 자신의 사적인 부당한 대우에 분개한 반항심과는 달랐다. 그럼 「서풍에 부쳐」에서 셸리의 '바람'을 그의 자유주의 사상과 인간적인 사랑의 마음을 느끼면서 읽어보자.

서풍에 부쳐

오 거친 서풍이여. 그대는 가을 자체의 숨결,
그대는, 보이지 않는 존재로부터 죽은 잎사귀들을
몰아가니, 마치 마법사로부터 도망치는 유령들 같은 것들을,

노란색, 그리고 검은색, 또는 흐려진 것, 그리고 새빨간 색,
역병에 걸린 많은 잎새들을: 오 그대는,
그들의 어두운 겨울 잠자리로 몰고 간다

날개 달린 씨앗들은 그곳에서 춥고 낮게 누워
저마다 마치 무덤 속의 송장들처럼 싸늘하게 누워 있나니, 그때
그대의 하늘빛 자매의 봄바람이 불 때까지

그녀의 낭랑한 나팔 소리는 꿈꾸는 대지 위에 퍼지고. 그리고
(사랑스런 봉우리들을 마치 양떼처럼 대기에서 자라도록 몰고 가며)
생생한 빛과 향기로 들판과 산을 채우니:

거친 영혼이여, 그대는 어디든 돌아다니니;
파괴자이며 보호자; 들어라, 오 들어보라!

Ode to the West Wind

O wild West Wind, thou breath of Autumn's being,
Thou, from whose unseen presence the leaves dead
Are driven, like ghosts from an enchanter fleeing,

Yellow, and black, and pale, and hectic red,

Pestilence-stricken multitudes: O Thou,

Who chariotest to their dark wintry bed

The winged seeds, where they lie cold and low,

Each like a corpse within its grave, until

Thine azure sister of the Spring shall blow

Her Clarion o'er the dreaming earth, and fill

(Driving sweet buds like flocks to feed in air)

With living hues and odours plain and hill:

Wild spirit, which art moving everywhere;

Destroyer and Preserver; hear, O hear!

위 제I부의 시작에서 시인은 곧바로 바람을 "거친 서풍"으로 이름 짓고, 그 거친wild 성격이 다름 아닌 가을 자체의 존재being로서 통제받지 않는 정신으로 묘사한다. 셸리 자신이 이 시에 대한 착상을 밝힌 바에 의하면, "어느 날, 플로렌스Florence 근방 아르노Arno를 둘러싸고 있는 숲에서, 온화하고 생기를 북돋는 거친 바람이 가을비로 쏟아지게 될 수증기를 모으는 것을 본 것"에서 비롯되었다고 한다. 그 날은 시인이 예상한대로 해질 무렵에 시잘파인Cisalpine 지역에 특유하게 일어나는 천둥 번개가 큰 소리를 내며 번쩍였고, 비와 우박이 뒤섞여 거칠게 내리치는 폭풍우가 시작되었다고 한다. 우리가 보통 계절의 순환으로 볼 수 있는 것도 시인은 자신의 내면에서 일어나는 감정의 변화로 포착하고 있다. 바람, 숨결은 영혼이나 영감과 같은 것과 동일하다. 그래서 셸리의 서풍은 정신적인 것이며, 가을이라는 존재의 숨결은 봄의 재생을 위해 지상과 바다와 하늘에 있는 것들을 몰아내는 것이다. 식물의 죽음은 인간의 죽음도 포함하는 재생의 의미가 스며있다. 그들은 어두운 잠자리에 들어가 재생을 기다려야 한다.

셸리는 지상으로 떨어진 낙엽들의 모습과 색을 다양하게 그리고 있다. 그중 "열이 있어 새빨간 색," "역병에 걸린 많은 잎새들"은 의인화 된 모습이며 섬뜩하게 느껴진다. 바람은 파괴자이면서 내년까지 그들을 보호하고자 하는 정신이기에 그런 서풍에 독자는 압도당하기 시작한다.

다음 제2부에서는 서풍이 스쳐가는 하늘의 모습이 또한 큰 그림으로 그려진다.

II

그대가 스쳐 가면, 가파른 하늘의 격난 가운데,
흐트러진 구름들은 대지의 썩어가는 잎사귀들처럼 떨어진다.
천국과 대양의 뒤엉킨 가지에서 흔들려진 것,

비와 번개의 천사들: 거기 펼쳐진 것은,
그대 대기의 굽이치는 파도의 푸른 표면에,
마치 머리 위에 솟아오른 빛나는 머리카락 같으니

그것은 어떤 사나운 미네드(열광하는 여자)의 것, 심지어 희미한
수평선 끝에서부터 하늘 꼭대기까지

다가오는 폭풍우의 머리카락. 그대 애도의 노래는

한 해가 죽어가는 것에 대한 것이니, 그것에 이 종막의 밤은
거대한 무덤의 원형 천정이 되리니,
모든 그대의 응집한 수증기의 힘으로 솟아오른 것이다

그 짙은 대기로부터
검은 비와 섬광과 우박이 터져 나오리라: 오 들어 보라!

II

Thou on whose stream, mid the steep sky's commotion,
Loose clouds like Earth's decaying leaves are shed,
Shook from the tangled boughs of Heaven and Ocean,

Angels of rain and lightning: there are spread
On the blue surface of thine airy surge,
Like the bright hair uplifted from the head

Of some fierce Maenad, even from the dim verge
Of the horizon to the Zenith's height,
The lock of the approaching storm, Thou dirge

Of the dying year, to which this closing night
Will be the dome of a vast sepulchre,

Vaulted with all thy congregated might

Of vapours, from whose solid atmosphere
Black rain and fire and hail will burst: O hear!

제1부에서 보였던 대지의 썩은 잎사귀들의 이미지와 연결되어 제2부에서는 하늘의 구름도 바람이 지나가면 격난 가운데 속절없이 흐트러진다. 앞서 "날개 있는 씨앗"(winged seed)이라고 귀엽게 표현한 부분처럼 여기에서는 비와 번개의 천사들이 있으며, "굽이치는 파도의 푸른 표면에" 솟아오른 빛나는 머리카락이 펼쳐진 장면도 있다. 그러나 역시 폭풍우의 머리카락은 먼 수평선에서 하늘 꼭대기까지 솟아오르는 모양새이며, 한 해가 죽어가는 애도의 노래 속에서 종막의 밤을 맞는 것이다. 이런 과정을 시인은 모두 서풍으로 응집시킨 수증기의 힘에 의한 것으로 본다. 따라서 '천사'angel는 사자使者로도 번역된다.

그럼 제3부에서 펼쳐지는 광경을 바람이 어떻게 묘사하고 있는지 살펴보자.

III

그대는 그의 여름날의 꿈에서 깨어났고
푸른 지중해 연안, 그곳에 그는 누워,
수정 같은 물결의 소용돌이를 기분 좋게 듣고 있었고,

바이에 만의 부석浮石섬 옆에서,
잠 속에서 보았나니 궁전과 탑들이

파도의 더욱 반짝이는 햇빛 속에 흔들려 있는 것을,

온통 하늘색 이끼와 꽃들로 무성하여
그토록 아름다워, 그려 보기만 해도 기절할 것만 같다! 그대는
그대가 가는 길을 위해 대서양의 수평을 촉진시켜

깊은 수렁 속을 헤치고 나간다. 그러는 동안 더 깊은 곳에서는
바다 꽃들과 눅눅한 숲이 입고 있는
대양의 수액 없는 잎새가 알아차린

그대의 목소리, 갑자기 두려움으로 회색빛이 되어,
그리고는 불안에 떨면서 스스로 잎을 탈취해 버린다. 오 들어보라!

III

Thou who didst waken from his summer dreams
The blue Mediterranean, where he lay,
Lulled by the coil of his crystalline streams,

Beside a pumice isle in Baiae's bay,
And saw in sleep old palaces and towers
Quivering within the wave's intenser day,

All overgrown with azure moss and flowers
So sweet, the sense faints picturing them! Thou
For whose path the Atlantic's level powers

Cleave themselves into chasms, while far below
The sea-blooms and the oozy woods which wear
The sapless foliage of the ocean, know

Thy voice, and suddenly grow grey with fear
And tremble and despoil themselves: O hear!

제3부에서의 서풍은 모처럼 기분 좋게 바다의 소용돌이를 듣는 것
으로 시작한다. 여름 밤 꿈에서 막 깨어났다면, 마치 우리가 잠에서 깨어
난 상태와 비슷하다. 그대로 누운 채 달콤하게 남은 잠결을 놓지 않고 뜸
을 들이고 누워 있는 상태, 그러면 물결이 출렁이는 소리인들 거칠게 들
리지 않는 것이다. 더구나 잠결에서 본 바이에 만의 아름다운 모습들, 햇
빛을 받아 흔들려 보이는 궁전과 탑들, 그리고 무성한 꽃들이 너무나 환
상적이어서 화자는 기절할 것 같다고 말한다. 셸리가 묘사한 바다의 꽃과
"눅눅한 숲", 태양 빛이 미치지 않기에 "수액 없는 잎새"라는 부분은 실
제 바다와 강, 그리고 호수 등의 바닥에 있는 식물들이 지상의 식물들과
마찬가지로 계절의 변화와 이에 따른 바람의 영향을 받는다는 것을 적고
있다. 그리하여 이들도 바람이 불면 어떤 변화가 일어날 것인가를 알기에
아름다운 경치를 잠깐 보다가 현실로 돌아온다. 바람의 목소리를 들은 이
들은 갑자기 불안해지며 꽃들의 색깔은 두려움으로 회색빛이 되어 버린
다.
　　다음 4부는 「서풍에 부쳐」에서 가장 잘 알려진 부분으로 교과서에
도 발췌되어 실리곤 했다.

IV

내가 만약 그대가 신고 갈 낙엽이라면;
내가 만약 그대와 함께 날 수 있는 빠른 구름이라면;
그대의 힘 아래서 출렁일 파도여서, 그대 힘의 추진력을

나눠 가질 수 있다면, 단지 그대보다는 덜 자유로울 뿐,
오, 통제할 수 없음이여! 만약 심지어 내가 소년 시절처럼.

하늘 위를 그대와 함께 돌아다니는 동지가 될 수 있다면,
그때처럼, 하늘을 질주하는 그대를 앞지를 때를
공상이라고만 생각지는 않았는데; 나는 결코 이런 노력은 하지 않
   았으리라

이토록 그대와 함께 하려는 나의 간절한 요구를.
오, 나를 파도처럼. 잎사귀, 구름처럼 들어 올려다오!
나는 삶의 가시밭 위에 쓰러진다! 나는 피를 흘린다!

시간의 무거운 무게가 얽어매고 굴복시킨 것은
너무나 그대와 같은 사람: 거칠고, 그리고 빠르며, 또한 당당한.

IV

If I were a dead leaf thou mightest bear;
If I were a swift cloud to fly with thee;
A wave to pant beneath thy power, and share

The impulse of thy strength, only less free
Than thou, O Uncontrollable! If even
I were as in my boyhood, and could be

The comrade of thy wanderings over heaven,
As then, when to outstrip thy skiey speed
Scarce seemed a vision, I would ne'er have striven

As thus with thee in prayer in my sore need.
Oh! lift me as a wave, a leaf, a cloud!
I fall upon the thorns of life! I bleed!

A heavy weight of hours has chained and bow'd
One too like thee: tameless, and swift, and proud.

　　마지막 행의 서풍과 같은 사람one은 셸리 자신의 소년 시절을 연상
시킨다. 길들여지지 않은 거칠었던 때, 그러면서 민첩하고 당당했던 때가
비록 서풍의 위력과 동등하지는 못하나 그와 함께 날아다닐 수 있다면 자
연 생명 자체의 화신이 될 수도 있는 것이다. 피를 흘려 쓰러져도 좋을
만큼 그런 활력이 필요한 청년기였다. 그 자신의 독창적인 정신을 발전시
키고자 했던 셸리의 윤리적 이상은 사랑과 자연의 힘이 지닌 순수지고한
아름다움이었다. 이런 정신이 급기야 스스로 만든 종교처럼 되어 기존의
종교를 답답하게 여기며 무신론을 주장하게 된 것으로 볼 수 있다. 그러
면서도 그는 세상의 변혁이란 어떤 제도적 개혁만으로 이루어질 수 없는

것이며, 인간 내면의 개혁, 즉 인격의 완성 없이는 불가능하다는 것을 인식하게 된다. 낙관주의에서 해방되고, 대신 이상과 현실 사이에 놓인 깊은 괴리에 고민하고 비극의 그림자를 그리게 된다. 이러한 이상주의의 실패에서 겪는 좌절감이 잘 나타나 있는 것이 「회교국의 반란」이다. 프랑스 혁명과 연관된 작품이며, 「첸치 일가」에서 볼 수 있는 베아트리체의 비극이다.

셸리의 이상은 어디까지나 인간 사회에 대한 사랑의 법칙을 추구한 데서 찾을 수 있으며, 그의 원숙한 비전은 점차 "초감각적 미美"라는 이름으로 우주를 지배하는 것, 만물의 변화와 소멸에도 영원불멸의 생명력을 지니는 지고지선의 것을 추구하였다. 그의 「묶이지 않은 프로메테우스」도 인간 사회의 법칙으로 풀려나지 못하고 사랑이라는 이름을 빌려 풀려난 것이니, 만일 셸리가 30세의 삶으로 마감하지 않았다면 그러한 '사랑의 힘'이 어떤 형태로 발전해 갔을까 상상해 본다.

마지막 5부에서 셸리는 그의 말들이 우주 속에서 새로운 희망이 되어 대지를 깨우기를 원한다. 그럼 봄을 기다리는 시인의 마음을 읽어보자.

V

나를 그대의 거문고로 만들어다오, 마치 숲처럼
내 잎이 숲에서처럼 떨어진들 어떠하랴!
그대 거센 화음의 떠들썩함은

깊으면서도, 가을에 여무는 음색,
비록 슬픔이 있지만 감미롭다. 그대, 강한 정령이여,

나의 정령이 되어다오! 그대 내가 되어다오, 격렬한 존재로!

나의 죽은 생각들을 우주 위로 몰고 가
마치 시든 잎사귀들을 새로운 탄생으로 소생시키듯!
그리고, 이 시를 주문呪文삼아서.

흩어져 뿌려다오, 마치 꺼지지 않는 화로에서 나온
재와 불꽃처럼, 내 말을 사람들 사이에!
내 입술을 통해 이 깨어나지 않은 대지에

예언의 트럼펫이 되어다오! 오 바람이여,
겨울이 오면, 봄도 멀 수는 없지 않은가?

V

Make me thy lyre, even as the forest is:
What if my leaves are falling like its own!
The tumult of thy mighty harmonies

Will take from both a deep, autumnal tone,
Sweet though in sadness. Be thou, Spirit fierce,
My spirit! Be thou me, Impetuous one!

Drive my dead thoughts over the universe
Like withered leaves to quicken a new birth!

And, by the incantation of this verse.

Scatter, as from an unextinguished hearth
Ashes and sparks, my words among mankind!
Be through my lips to unawakened earth

The trumpet of a prophecy! O Wind,
If Winter comes, can Spring be far behind?

시인은 자신의 말들이 예언자의 나팔소리처럼 되어 아직 잠에서 깨어나 있지 않은 세상을 향해 새로운 희망을 이야기한다고 본다. 가을 뒤에는 봄도 멀지 않은 것이다. 그는 죽은 사상들을 휘몰고 가는 서풍이라고 했다. 새로운 탄생을 위해 자신은 거문고가 되고 자신의 잎사귀도 떨어진들 어떠랴하고 읊는다. 서풍과 시인은 이제 "그대 내가 되어다오"라는 말로서 강한 존재로의 새로운 탄생을 주문처럼 외면서 끝맺는다.

이런 그의 신념은 이상理想을 말하지 않은 바이런과는 달랐다. 다른 사람을 그다지 칭찬하지 않는 바이런도 셸리는 자기가 만난 사람 중에 가장 훌륭한 인간이라고 말했다. 젊은 날 무신론의 자유를 말해 퇴학당한 셸리는 이탈리아 바다에서 우연히 폭풍우를 만나 익사했으니 파란 많은 짧은 일생이었다. 그는 바이런 등 친구들 몇 명의 입회하에 화장되어 로마 교외의 프로테스탄트 묘지에 안장되었다. 시인 존 키츠John Keats의 묘와 나란히 있으니 그곳에선 낭만주의 시인들이 읊는 시들이 지금도 은은히 들리지 않겠는가. 셸리의 묘비명 가운데에 있는 'Cor Cordium'Heart of Hearts라는 글귀는 그의 따뜻한 가슴을 너무나 잘 표현한 것이라 하겠다.

존 키츠
John Keats
| 1795–1821

일찍 세상을 떠난 시인이 그리던 영원한 아름다움

—— John Keats

존 키츠가 시인의 길을 택하지 않고 의사의 직업을 갖고 살았다면 그렇게 일찍 생을 마감했을까. 셸리Percy Bysshe Shelley의 호의로 문학의 길에 들어설 때까지 키츠는 어려운 집안환경 속에서 의사가 되기 위해 한창 젊은 나이에 병원에서 견습생 생활을 하고 있었다. 의사 직을 장래 직업으로 마음먹고 의사 시험공부에 열중했던 청년이었다. 그러면서도 널리 책을 읽고, 특히 희랍 고전문학에 심취했다. 만약 시인의 길로 들어서지 않고 의사가 되어 어머니가 앓았던 폐결핵에 대해 자신의 건강도 미리미리 챙겼더라면 26세의 나이로 요절하지는 않았을지 모른다. 아니, 그가 시에 대한 열정 못지않게 연인 페니 브라운Fanny Brown을 사랑한 것도 폐질환을 악화시킨 요인이 아니겠는가. 그러나 이것은 나의 우문에 불과하다. 그도 이탈리아로 건너가 로마 교외에 있는 개신교 묘지에 셸리와 나란히 누웠다. 그의 묘에는 "여기 그의 이름이 물속에 써진 자 눕다"(Here lies one whose name was writ in water)라고 쓰여 있다.

키츠가 본격적으로 시를 쓰기 시작한 것은 1815년부터 1819년 말까지 불과 4년이다. 의사로 동생의 병을 돌보아야하는 시점에 긴박한 생활형편과는 무관한 시인의 길로 들어선 것이다. 폐병에 시달리고 있던 동생은 1818년 12월 1일 먼저 세상을 떠났다. 마치 동생을 잃은 가슴을 메우듯 그는 1개월도 지나지 않아 페니를 만나 온 정렬을 쏟아 사랑을 했으나 그것도 불과 3년으로, 그 자신의 생명과 함께 끝나고 만다. 그는 셸리나 바이런Lord Byron처럼 명문귀족 출신도 아니었고, 정규 대학 교육과정도 이수하지 못했다. 그의 나이 겨우 9세에 아버지는 낙마 사고로 세상을 떴다. 아버지의 직업은 대마업貸馬業이었다. 어머니도 폐결핵으로 키츠의 나이 15세에 사망했으니 일찍 고아가 된 것이다. 더구나 그는 4형제의 장남이었다. 셋째 동생은 아주 어려서 사망했지만 3형제가 그렇게 아버지를 잃고는 모두 어려서 고아가 된 것이다. 외할머니의 보살핌도 돌아가실 때까지의 4년에 불과했다. 70대 중반의 노년에 어린 손자들을 거두었으니 어찌 힘들지 않았겠는가. 굳이 이런 가정사를 이야기하는 것은 키츠가 그런 환경 속에서도 시의 세계를 탐구하고자 하는 열망이 모든 조건을 압도할 만큼 컸음을 말하고 싶기 때문이다. 더구나 가난과 역경을 비탄하는 시가 아니라 영원한 아름다움을 발견하고 싶은 시를 쓴 것이다. 세상 한편에서는 그의 출신 배경을 은근히 조롱하듯 "런던 하층류 학파의 시"The Cockney School of Poetry를 쓰고 있다고 말한 평자들도 있다지만, 이는 키츠의 「희랍 항아리」에 새겨진 영원한 아름다움에 대한 꿈을 읽어내지 못한 탓이다.

키츠는 시에서 어떤 메시지를 전달하는 것이 아니라 오직 미美를 위해 미를 추구하는 영시英詩 중에서 가장 순수한 시를 쓴 시인으로 알려졌다. 영국 낭만주의 시인들 중 가장 늦게 시인이 되고 가장 먼저 세상을 떠나면서도 그가 "희랍 항아리"에서 발견한 변하지 않는 미는 오늘도 '영원'한 것으로 독자에게 전달되고 있는 것이다. 낭만주의 시인들이 일찍 요절하는 것은 그들의 정신 때문일까. 육체에 갇혀 있지 않는 감성의 자유로움, 한정된 위치에 만족할 수 없는 정열 때문일까 생각해 본다. 셸리는 30세에, 바이런은 36세에 모두가 훨훨 그들의 시 위로 날아가 버렸다.

키츠도 그들처럼 평범하지 않는 학교생활을 했다. 용모는 미남으로 준수한데 용감하고 싸움도 좋아했다고 한다. 젊은 그에게 부과됐던 고통스런 가정환경을 벗어나듯 먼 옛날의 희랍신화와 전설을 읽고 누구보다도 이에 심취했으니 그런 그의 전기를 참작하면 「희랍 항아리에 부쳐」 ("Ode on a Grecian Urn")의 영원한 미의 추구가 더욱 절실한 감동으로 전해온다.

우리는 꼭 예술품을 만나지 않더라도 어떤 사물에서 미처 발견하지 못했던 아름다움을 발견하면서 걸음을 멈추고 꼼꼼하게 관찰할 때가 있다. 시간이 멈춘 듯 우리가 오로지 그 대상에 시선을 몰입시키면 그 순간은 영원으로 이어가는 한 시점이 아니겠는가. 키츠가 얼마만큼의 시간 동안 항아리 앞에 온몸을 정지시켰는지는 모르나 그런 동안에 그는 역사와 전설을 생각하고, 그림 속 정경들을 마치 현실세계에서 보듯 세밀하게 그려갔다. 시인은 항아리 속에 한 청년이 아름다운 처녀를 향해 간절한 눈빛으로 사랑을 고백하려는 모습을 본다. 그러한 장면에 어울리는 감미로운 피리들의 멜로디, 그림이기에 결코 시들지 않을 행복한 나뭇가지들, 그리고 그 나무 아래에서 영원히 사랑을 고백하고 있을 인간의 정열을 상상하고 있는 것이다. 그럼 이제 '옛 항아리'에 새겨진 생생한 그림에서 시간을 초월한 아름다운 세계를 시인의 시선을 따라 따라가 보기로 하자.

희랍 항아리에 부쳐

1

그대 아직도 더럽혀지지 않은 정적의 신부여,
　　침묵과 느린 시간의 양자養子여,
삼림의 역사가여, 네가 이렇듯 표현하는
　　꽃다운 이야기가 우리들의 시보다 더 감미롭구나:
어떤 잎으로 가장자리를 꾸며진 전설이 네 모습에 떠도는데
　　그것이 신들의 것인가 아니면 인간들의, 혹은 둘 다인가,
　　템페인가 혹은 아카디아의 골짜기인가?
이들은 어떤 사람들이며 어떤 신들인가? 처녀들이 꺼리는 게 무엇일까?
　　얼마나 광적인 추격인가? 도망치려고 얼마나 몸부림치는가?
　　무슨 피리와 북들인가? 얼마나 미칠 듯한 황홀감인가?

Ode on a Grecian Urn

1

Thou still unravish'd bride of quietness,
　　Thou foster-child of silence and slow Time,
Sylvan historian, who canst thus express
　　A flowery tale more sweetly than our rhyme:

What leaf-fring'd legend haunts about thy shape
    Of deities or mortals, or of both,
        In Tempe or the dales of Arcady?
What men or Gods are these? What maidens loth?
    What mad pursuit? What struggle to escape?
        What pipes and timbrels? What wild ecstasy?

2

들리는 멜로디는 아름답다, 그러나 들리지 않는 멜로디는
    더욱 아름답다; 그러니, 부드러운 피리들아 계속 불어라;
육체의 귀에 불지 말고, 더욱 정답게
    영혼에게 불어라 소리 없는 노래를:
아름다운 젊은이여, 나무 아래서, 멈출 수 없는 것은
    그대의 노래, 또한 저 나무들도 잎이 질 수 없다:
        대담한 연인도, 결코, 결코, 결코 그대 키스할 수 없으리라,
비록 목표 가까이 닿긴 해도, 그렇다고, 슬퍼 말라
    그녀는 시들 수가 없으니, 비록 그대의 축복은 이루지 못해도,
        그대의 사랑은 영원할 것이며, 또한 그녀도 아름다울 것이니!

2

Heard melodies are sweet, but those unheard
    Are sweeter: therefore, ye soft pipes, play on;
Not to the sensual ear, but, more endear'd,

Pipe to the spirit ditties of no tone:

Fair youth, beneath the trees, thou canst not leave

Thy song, nor ever can those trees be bare;

Bold lover, never, never, never canst thou kiss,

Though winning near the goal-yet, do not grieve;

She cannot fade, though thou hast not thy bliss,

For ever will thou love, and she be fair!

먼저 우리도 첫 번째와 두 번째 연에서 키츠가 보고 있는 "항아리"의 그림 장면을 가까이 보고 있다고 생각하면 점차 시인이 감탄하며 느끼는 영원한 미美의 세계로 즐겁게 따라갈 수가 있다. 시의 주제가 쉽게 이해될 만큼 이 그림들은 매우 사실적이다. 다시 자세히 보기로 하자. 첫 번째, 꽃다운 이야기에 어울리는 아름다운 처녀가 남자의 열정적인 추적을 피하듯 서있다. 피리와 북소리가 광적일 만큼 열정적인 황홀감을 자아낸다. 시인은 그림 속의 피리 소리들을 일컬어, 들리지 않은 멜로디가 현실에서 듣는 것보다 아름답다고 말한다. 왜냐하면 그 피리는 지칠 줄 모르고 영원히 그림 안에서 불고 있을 것이기에……. 나무 아래 청년은 서있고, 그는 푸른 나뭇잎과 마찬가지로 영원히 젊겠지만 추구하는 처녀와는 아무리 근접 거리라 해도 결코 키스할 가능성이 없는 것이다. 가까이 다가갔지만 지금의 간격대로 머물 수밖에 없다. 우리의 삶에서 이성간의 사랑이든 어떤 목표를 향한 열정이든, 일단 목적이 달성되면 만족감은 있을지언정 그 이전의 정열은 식거나 정지 또는 다른 방향으로의 행로를 모색하는 경우가 많지 않은가. 여기 항아리에 새겨진 그림속의 청년은 겉모습도 그 마음도 영원한 청춘이다. 결국 '미의 추구'는 현실에서 얻을 수 없는 '영원성의 진리'를 말한다.

들리는 멜로디도 마찬가지로 현실에서는 정지하는 시간이 있다. 그러나 이 시의 2연 첫 줄에 보면 우리가 들을 수 없는 멜로디는 그곳에서 계속 불고 있을 터이니 아름다움의 연속이다. 항상 젊은 열정으로 순수한 아름다움의 처녀를 바라보는 청년을 끝없이 황홀감으로 감싸주는 멜로디의 고마움, 이것이 어찌 현실에서는 시들 수도 있는 잠시의 축복과 비할 수 있겠는가. 그 행복감이 3연에서 계속된다.

3

아, 행복한, 행복한 가지들! 너희들은
　　잎을 지게 할 수 없고, 봄에게 작별을 고할 수 없으리;
그리고, 행복한 연주자, 지칠 줄 모르며,
　　영원한 피리의 노래들은 영원히 새로울 것이다;
더욱 행복한 사랑이여! 더욱 행복하고, 행복한 사랑이여!
　　영원히 따뜻하면서 즐길 수 있고,
　　　　영원히 가슴 조이며, 영원히 젊은;
모든 숨 쉬는 인간의 열정을 초월하여
　　그것은 가슴 드높이─ 슬프게도 지치게도 하는,
　　　　불타는 이마, 그리고 타오르는 혀를 남긴다.

3

Ah, happy, happy boughs! that cannot shed
　　Your leaves, nor ever bid the spring adieu;

And, happy melodist, unwearied,

    For ever piping songs forever new;

More happy love! more happy, happy love!

    For ever warm and still to be enjoy'd,

        For ever panting, and for ever young,

All breathing human passion far above,

    That leaves a heart high-sorrowful and cloy'd,

        A burning forehead, and a parching tongue.

행복감의 고조는 때로는 참기 어렵도록 사람들의 가슴을 숨차게 panting 만든다. 그랬을 때 영원한 청년은 인간의 열정을 뛰어넘는 숨결이 가슴 드높이 차오르고 지치게도 만든다. 그러나 이마에 타오르는 열기와 입 안이 마르는 절절함은 그런 추구를 해 본 사람만이 느끼리라. 키츠는 그런 열렬한 사랑에 빠졌었다. 자신은 폐결핵으로 죽음의 위협을 느끼면서도 페니에 대한 사랑은 절망에 가까웠으나 행복감에 도취할 수 있었다. 그는 친구 「찰스 브라운에게 보내는 편지」(Letter to Charles Brown, 30 September, 1820)에 이 역설적인 심정을 적고 있다. 죽음이 사랑의 고통을 제거해 주는 것이라면 그 또한 괜찮은 것이라고. 그는 죽음이라는 것이 실로 많은 것을 알게 해주는 것이라고 담담하게 적고 있다. 브라운은 자기 집 근처의 살구나무 위에서 나이팅게일이 새 집을 짓고 노래하는 것을 듣고 키츠가 또 다른 아름다운 시 「나이팅게일에 부치는 노래」("Ode to a Nightingale")를 쓸 수 있도록 영감을 전해준 사람이다. 키츠는 그 나무 아래 두 세 시간 앉아 새소리에 심취하고는 집에 돌아와서 시를 썼는데, 그 첫 줄에 "내 가슴은 아프고, 졸리는 마비는 내 감각에 고통을 준다"고 적고 있다. 아름다운 소리를 그는 "독약을 마시고 온 것"처럼 감각이 둔해지고 망각으로 빠지게 되는 것은 "새의 행복이 너무나 행복하기 때문이라고" 말한다. 슬픔과 고통을 행복으로 전환시키는 상상력은 낭만주의 시에서 볼 수 있는 감성의 연상 작용이다. 다시 「희랍 항아리」로 돌아가 보자.

4

제사 지내러 오는 이들은 누구인가?
　어느 푸른 제단으로, 오, 신비로운 사제여,
그대는 하늘을 보고 우는 저 송아지를 데리고 가는가
　명주 같은 허리에 온통 꽃다발로 꾸민?
강가에, 또는 바닷가에 있는 작은 마을,
　아니면 산 위에 지은 평화로운 성곽이,
　　사람들이 없이 텅 비어 있는가, 이 경건한 아침에?
그리고, 작은 도시는, 그 거리들은 영원히
　조용하리라; 그리고 어느 한 사람도 말하지 않으리
　　왜 네가 황량해졌는지, 돌아갈 수 없는 것을.

4

Who are these coming to the sacrifice?
　To what green altar, O mysterious priest,
Lead'st thou that heifer lowing at the skies,
　And all her silken flanks with garlands drest?

What little town by river or sea-shore,

    Or mountain-built with peaceful citadel,

        Is emptied of this folk, this pious morn?

And, little town, thy streets for evermore

    Will silent be; and not a soul to tell

        Why thou art desolate, can e'er return.

    제4연에서도 역설적 상황은 계속된다. "항아리"의 그림에는 순수하게 아름다운 처녀와 그를 추구하는 젊은이만 있는 것이 아니다. 주변 장면은 조용하지만 폭이 넓고 깊다. 신비로움까지 엿보이는 장경이 펼쳐 있기 때문이다. 경건한 사제를 따라 제례를 지내려는 사람들이 따라 나온다. 예쁜 꽃으로 송아지 허리를 장식하고 이것을 제물로 바치는 모습이다. 이 번제물은 『창세기』에 나오는 이야기를 연상시킨다. 하나님이 아브라함의 믿음을 확인하여 숫양 한 마리로 그의 아들 이삭을 살릴 수 있었던 장면을 상상하도록 그리고 있는 것이다. 그런데 이 장면도 전반의 신비로운 분위기를 시간을 초월하여 보여 주듯, 텅 빈 거리와 소리 없는 조용한 거리로 이어지게 만들고 있다. 성스러움과 황폐한 거리의 대비에서 키츠는 다시 그 조용한 거리는 왜 그런 것인지 아무도 말하지 않을 것이라고 적고 있다. 다시 "푸른 제단"으로 돌아갈 수 없고, 사람들은 그 이유를 영원히 말하지 못한다. "우리로 하여금 생각을 못하게" 하여 영원히 애타게 만드는 장면은 마지막 연으로도 이어진다.

5

오 아티카의 형체여! 아름다운 자태여!

　대리석으로 된 남자와 처녀들은

숲의 나뭇가지와 짓밟힌 잡초로 공들여 꾸며져 있다;

　그대, 말 없는 형상, 우리가 생각을 못하도록 애타게 하니

마치 영원이 그런 것처럼: 차가운 목가牧歌여!

　늙음이 이 세대를 황폐케 할 때,

　　그대는 남아 있을 것이니, 우리와는 다른 슬픔 속에서,

인간의 친구로, 인간에게 이렇게 말하리,

　"미는 진리이고, 진리가 미라고,"—이것이 이 세상에서

　　안다는 것의 전부이고, 또한 알 필요가 있는 것이다.

5

O Attic shape! Fair attitude! with brede

　Of marble men and maidens overwrought,

With forest branches and the trodden weed;

　Thou, silent form, dost tease us out of thought

　As doth eternity: Cold Pastoral!

　When old age shall this generation waste,

　　Thou shalt remain, in midst of other woe

Than ours, a friend to man, to whom thou say'st,

　'Beauty is truth, truth beauty,—that is all

　　Ye know on earth, and all ye need to know.'

세상이 슬픔 속에서 바뀌어도 "희랍 항아리"에서 볼 수 있었던 아름다움 같은 것은 영원한 진리라는 것을 사람들이 깨달아야 한다고 키츠는 외친다. 그것은 이 시의 유명한 결구인 마지막 삶의 목표이며 위안이었을 것이다. 키츠가 현실에서 경험한 불타는 사랑의 감정과 시의 열정도 시들기 전에 그의 젊은 생애와 함께 있었으니 「희랍 항아리」에서처럼 모두 '영원'으로 정지된 상태가 아니겠는가.

에드가 앨런 포
Edgar Allan Poe
| 1809–1849

프랑스 상징주의 시인들에게 영향을 끼친 미국 시인

──── Edgar Allan Poe

에드가 앨런 포가 그의 시에 적용한 자신의 시론에서 특기할 만한 두 가지 말을 나는 오래도록 잊지 않고 있다. 하나는 "시는 짧아야 한다"는 것, 즉 앉은 자리 한 곳에서one sitting 읽는 것이어야 한다는 것이다. 이 말은 실제 단시短詩를 쓴 사람들이 동서양에 많기 때문에 그다지 새로운 것은 아니다. 단지 '한 자리'에서라는 말이 구체적이어서 처음 이 말을 들었을 때는 푹 웃음이 났던 것 같다. 누가 시 한 편을 읽는데 여기저기 돌아다니며 읽었다 접었다 할까, 했었는데 막상 나의 시 읽기 경험에서 보아도 포의 말은 옳은 지적이었다. 시 중에는 논문 쓰듯 하는 시도 있거니와 자서전 같이 긴 고백시나 독백시도 있다. 그 중 독자에게 감동을 주는 내용이나 시구가 없으면 한자리에서 읽기가 매우 힘든 것이 사실이다. 참아가면서 다 읽고 난 후에도 "그래서?"라는 의문사가 절로 나올 때가 있다. 시가 길면 왜 이 행들이 더 있어야 되는가를 감동이나 지혜로 깨닫게 해야 읽는 이에게 미안하지가 않을 것이다. 끝에 가서라도 이 말을 적기 위해 서론이 좀 길었다는 변辯이 스며있어야 할 것이다. 그런 면에서 한 자리에서 음미하게 해 주는 시는 누구에게나 환영받는다고 하겠다.

두 번째 포의 시론은 시인 자신의 너무나도 독특한 관점이다. 그는 가장 아름다운 시를 이렇게 정의한다. "세상에서 가장 아름다운 시는 아름다운 여인의 죽음이 살아남은 연인에 의해 읊어지는 것." 처음 이 말을 들을 때 나는 이 무슨 행복의 반어법인가, 사랑하는 이와 영원히 함께 있는 것이 행복일진데 한 쪽이 일찍 죽음으로 사라진다면 아무리 그 아름다움을 찬양한다 해도 허망한 추억의 시가 아니겠는가 했다. 그러나 잠시 생각을 멈추고 보면 포의 말이 구구절절 맞는 이야기다. 일례로 우리의 가슴을 울린 것이 로미오와 줄리엣의 사랑과 죽음이 아닌가. 10대의 세상 모르는 순수한 사랑이 일직선으로 죽음에 치달았는데 바로 그들의 죽음이 있었기에 사랑이 아름답게 빛난 것이다. 이는 사랑의 극치에는 슬픔이 있다는 말로도 해석된다. 즉, 인간에게 행복의 극치란 너무나 귀한 것이어서 이것이 깨지면 어쩌나하는 불안감이 도사린다. 인생이 고해라고 할 때에는 신의 가호를 바랄 수 있지만 행복을 유지하려면 신에게 부탁하는 것은 분에 넘치는 현실이기에 불안은 스스로 감수하는 것이다.

이러한 위의 두 가지 요소가 포의 시에서 중요하게 다루어져 있으며, 이와 더불어 그는 시의 음악성 또한 중요하게 생각했다. 시에는 소리 내서 읽는 낭송이든, 마음으로 읊어가든, 눈으로 글자를 담아가든, 독자 나름의 운율이 있다. 각기 개인적인 리듬을 견지하는 것은 모국어 발음에 따라 감흥도 달라지기 때문이다. 우리말로 읽을 때도 표준어와 지방 사투리 등 판이하게 발음과 운율이 달라 때로는 생소한 감흥을 자아내기도 한다. 아무튼 어떤 가락이건 좋은 음악을 들을 때처럼 시는 리듬을 중시하고 낭송할 수 있어야 한다는 말이다. 그리하여 우리가 포의 시를 읽을 때 자기 자신도 모르는 사이에 자연스럽게 내용이 음악의 가사처럼 읊어지는 것이다. 이제 소개하는 두 편의 시도 위에 적은 요소들을 잘 보여주고 있기에, 우리가 각기 가장 좋은 리듬의 음악성을 갖고 읽어 본다면 포의 시를 '한 자리에서' 감상할 수 있을 것이다.

다음에 살펴볼 첫 번째 시 「헬렌에게」("To Helen")를 읽기 전에는 포의 자서전적 이야기를 적을 필요가 있을 것 같다. 왜냐하면 그 다음 시 「애너벨 리」("Annabel Lee")도 시인 자신의 생애에서 일어난 일과 연관되기 때문이다. 두 편 모두 순수한 사랑의 감정이 담겨 있고 또한 앞서 지적한대로 죽음이 있고, 그것을 살아남은 사람의 애달픈 심정을 담고 있기에 그 대상들이 누구인가가 매우 구체적이기 때문이다. 헬렌에 대해서 포는 "내 영혼의 순수한 첫사랑"이라고 했다. 포가 불과 열한 살 초등학교 시절에 학교 친구의 젊은 어머니 제인 스티스 스태나드 부인Mrs. Jane Stith Stanard이 시의 모델인 헬렌이다. 그리고 1824년 포가 열다섯 살 때 친구의 어머니는 세상을 떠나고 말았다. 그녀가 죽기 일 년 전에 포는 이 시의 초고를 썼다고 하고, 1831년 포의 나이 22세 이 시가 발표 될 때는 개인적인 것을 넘어선 순수한 예술성을 담은 시로 완성하였다. 예민한 남성들도 보통 포처럼 어린 나이에 여인의 아름다움을 처음 눈여겨보게 되지만, 포는 첫사랑으로 생각할 만큼 스태나드 부인의 용모가 인상 깊었던 것 같다.

헬렌에게

헬렌, 그대의 아름다움은 내게
　　그 옛날 니케아의 돛배 같다.
부드럽게, 향기 나는 바다 위로
　　피로하고 여행에 지친 방랑자를 품고
　　그의 고향 해변으로 실어다 주던.

오래도록 절망적인 바다를 예사로 돌아다녔는데,
　　그대의 히아신스 머리, 고전적 얼굴
그대의 요정 같은 자태가 나를
　　희랍의 영광과
로마의 장엄함으로 데려다 주었다.

보라! 그대 저 빛나는 창문 벽감壁龕에
　　실로 조상彫像처럼 서 있는 것을!
마노瑪瑙 등잔을 손에 들고,
아, 프시케, 성스런 나라에서 온!

To Helen

Helen, thy beauty is to me
　　Like those Nicean barks of yore,
That gently, o'er a perfumed sea,
　　The weary, way-worn wanderer bore
　　To his own native shore.

On desperate seas long wont to roam.
　　Thy hyacinth hair, thy classic face,
Thy Naiad airs have brought me home
　　To the glory that was Greece
And the grandeur that was Rome.

Lo! in yon brilliant window-niche
　　How statue-like I see thee stand,
The agate lamp within thy hand!
　　Ah! Psyche, from the regions which
　　Are Holy Land!

　　이 시에 나오는 고유명사들은 대부분 고대 그리스 시대의 지중해를 배경으로 한 장소이거나 인물들로 추측된다. 니케아는 터키 북부의 고대 도시이고, "히아신스 머리의 고전적 얼굴 / 그대의 요정 같은 자태"에서도 시인은 희랍 조각상의 곱슬곱슬한 머리카락에 히아신스 꽃을 달고 있는 모습을 연상시키고 있다. 프시케는 그리스 로마시대의 정열과 풍요의 신 에로스의 사랑을 받게 되는 아름다운 여인의 표상이다. 그와 결혼하여 영원히 아름다운 영혼으로 사는 공주로 문학작품에 자주 인용되기에 우리에게 익숙한 이름이다. 헬렌은 어떤 도달할 수 없는 신비스런 영적인 이상향을 뜻하는지 모른다. 고결하고 아름다운 옛 헬렌이 과거사로 묻힌 것처럼 시인이 이 세상에서 일찍이 매료되었던 친구 어머니의 미모도 죽음으로 사라진 후의 상실감에서 쓴 것으로 볼 수 있다. 이 시에서 포는 개인적인 심경을 대폭 삭제하고 고대 희랍 여인의 조각상으로 헬렌을 병치시킴으로서, 그가 평생을 두고 아름다운 여인의 죽음을 가장 아름다운 시라고 한 것을 이 시에서도 상기시키고 있다.

그런 면에서 다음에 살펴볼 「애너벨 리」는 사랑과 죽음이라는 주제가 뚜렷이 개인적이다. 마치 동화를 연상하게 하는 설정으로 바닷가 왕국에서 사랑 이상의 사랑이라고 시인이 읊을 만큼, 완전한 사랑으로 행복했던 젊고 어린 두 연인의 이야기를 그리고 있다. 하늘의 천사마저도 '우리'(we)를 질투했다는 구절에서는 '위ー'라고 길게 소리 낼 수 있게 하였다. 찬바람이 불어와 가냘픈 연인을 죽게 했다는 내용은 간단하기에 더 가슴이 조이는 느낌을 받는다. 더욱이 '위ー'처럼 반복되는 소리로 'sea,' 'Lee,' 'me' 등 제목의 '애너벨 리'와 함께 길게 '리ー'로 끌며 낭송의 운율을 돋보이게 한다. 그럼 그런 리듬을 중시하여 읽어보자.

애너벨 리

오래전 아주 오래 전에,
　　바닷가 왕국에는,
한 소녀가 살았었는데 당신도 아실 겁니다
　　그 이름이 애너벨 리 라는 것을;
그 소녀는 아무 다른 생각이란 없는
　　그저 나를 사랑하고 내 사랑을
　　받는 생각만으로 살았습니다.

나는 어렸었고 그녀 또한 어렸습니다,
　　그 바닷가 왕국에서,
그러나 우리는 사랑보다 더한 사랑으로 사랑했습니다

나와 나의 애너벨 리는—
그 사랑은 천국의 날개 달린 천사들도
　　그녀와 나를 부러워하는 것이었습니다.

그리고 이것이 이유가 되어, 오래 전에,
　　이 바닷가 왕국에,
바람이 구름에서 불어와, 싸늘하게 했으니
　　나의 아름다운 애너벨 리를—
그리하여 그녀의 지체 높은 친척이 와서는
　　내게서 그녀를 데려갔습니다,
그것은 그녀를 무덤에 가두기 위해서였죠
　　이 바닷가 왕국의

천사들은, 하늘에서 반만큼도 행복하지 않아서,
　　그녀와 나를 시기했던 것입니다:
그렇죠! 그것이 이유였습니다 (모든 사람이 알고 있는 것처럼,
　　이 바닷가 왕국에선)
바람이 구름으로부터 나와서는, 밤에
　　나의 애너벨 리를 싸늘하게 하여 죽게 했습니다

그렇지만 우리의 사랑은 더욱 강렬한 것이었으니
　　우리보다 나이 든 이들보다도—
　　우리보다 훨씬 더 현명한 많은 이들보다도—
그래서 하늘 위 천사들일지라도

또는 바다 밑에 있는 악마라도,
결코 나의 영혼을 아름다운 애너벨의 영혼으로부터
　　떼어놓을 수가 없습니다:－

왜냐하면 달빛은 내가 아름다운 애너빌 리의 꿈을
　　꾸지 않고서는 빛난 적이 없으며;
별들도 내가 아름다운 애너벨 리의 빛나는 눈을
　　느끼지 않는다면 결코 떠오르지 않기 때문입니다.
그리하여, 밤이 새도록, 나는 누워 있나니
나의 사랑, 나의 사랑, 내 생명, 내 신부의 곁에,
　　파도 소리 울러 퍼지는 바닷가 무덤 속에－

Annabel Lee

It was many and many a years ago,
　　In a kingdom by the sea,
That a maiden there lived whom you may know
　　By the name of Annabel Lee;
And this maiden she lived with no other thought
　　Than to love and be loved by me.

I was a child and she was a child,
　　In the kingdom by the sea,
But we loved with a love that was more than love－
　　I and my Annabel Lee－

With a love that the winged seraphs of Heaven
    Coveted her and me.

And this was the reason that, long ago,
    In this kingdom by the sea,
A wind blew out of a cloud, chilling
    My beautiful Annabel Lee;
So that her highborn kinsman came
    And bore her away from me,
To shut her up in a sepulchre
    In this kingdom by the sea.

The angles, not half so happy in Heaven,
    Went envying her and me —
Yes! that was the reason (as all men know,
    In this kingdom by the sea)
That the wind came out of the cloud, by night
    Chilling and killing my Annabel Lee.

But our love it was stronger by far than the love
    Of those who were older than we —
    Of many far wiser than we —
And neither the angles in Heaven above
    Nor the demons down under the sea

Can ever dissever my soul from the soul

    Of the beautiful Annabel Lee:

For the moon never beams without bringing me dreams

    Of the beautiful Annabel Lee;

And the stars never rise but I feel the bright eyes

    of the beautiful Annabel Lee;

And so, all the night-tide, I lie down by the side

Of my darling, my darling, my life and my bride,

    In the sepulchre there by the sea —

    In her tomb by the sounding sea.

이 시는 포가 죽은 지 이틀 후인 1849년 10월 9일 ≪뉴욕 트리뷴≫ 지에 처음 실렸다. 포가 이 시에서 간절하게 읊은 사랑하는 연인의 죽음 은 포의 어린 아내였던 버지니아 클렘Virginia Clemm을 가리킨다. 그녀는 포 의 사촌으로 1835년 9월, 13세 어린 나이에 포와 결혼하고 1847년 1월, 24세의 젊은 나이로 가난과 결핵에 시달린 끝에 사망했다. 포의 나이 28 세였다. 그는 아내를 극진히 사랑했고 고모이기도 한 장모도 부양하면서 한집에서 살았다.

포는 보스턴에서 배우였던 부모 사이에 태어났지만 아버지가 그의 생후 일 년도 안 되서 떠나버린 후, 이듬해 어머니마저 결핵으로 세상을 떴다. 그 후 그는 그래도 부유한 상인이었던 존 앨런의 양자로서 한때 영 국에서 훌륭한 교육도 받았지만, 17세 때 이미 갓 개교한 버지니아 대학 에 다닐 때부터 도박과 술로 양부모와도 결별하게 된다. 포는 단편소설을 써서 신문사로부터 50달러의 상금도 받았으나 그것도 일시적인 성공이었다. 그러한 기질에다 사랑하는 아내까지 잃은 뒤에는 정신적인 충격으로 글을 쓰면서도 술 없이는 살 수 없는 사람이 되었다. 약을 먹고 자살을 기도한 적도 있고 불행하게도 새로 결혼을 앞둔 시기에 볼티모어 노상에서 쓰러져 사흘 뒤 병원에서 숨졌으니, 당시 그의 나이 40세로 아까운 그의 문학적 업적들을 스스로는 생전에 누리지 못한 것이다.

포는 그의 시편들과 함께 단편소설과 상당한 양의 비평문을 썼고 미국 문학사에 독보적인 자리를 확보했다. 사후에 그의 문학이론은 미국뿐 아니라 유럽 작가들에게도 지속적인 영향을 주었고, 특히 프랑스 상징주의를 논할 때 포의 문학은 하나의 본보기로 다루어졌다. 그의 비평은 냉소적이고 문학적 허식을 배격하고 단편소설에 대한 이론적 체계를 구축했다. 즉, 완전한 하나의 사건을 중심으로 한 장소에서 하루에 전개되는 것이어야 하는 고전극의 통일성 원칙을 적용했다. 압축과 긴장의 추리 탐정소설 형식의 글로 어떤 경우에는 괴기스런 분위기까지 연출시켰다. 위에서 살펴본 '사랑과 죽음'의 시 이외에 포의 시편들에는 몽상적이고 먼 과거의 이국적이며 비현실적인 분위기가 서려 있는 것이 많다. 우리는 그의 개인적 삶의 불행한 모습보다도 그의 사후에 크게 빛을 보게 된 독창적이고 강렬한 문학적 천재성을 기억하면서 그의 시를 접할 때 감상의 깊이를 더하게 될 것이다.

에밀리 디킨슨
Emily Dickinson
| 1830-1886

세상의 문을 돌처럼 닫고서 1775편의 시를 쓰다

—— Emily Dickinson

우리는 디킨슨의 시 「영혼」("The Soul")에서처럼, 많은 것에서 하나를 택하고 나서 기타에 대한 관심을 돌처럼 닫아 버릴 수 있을까. 내가 이 시를 처음 대했을 때 받은 인상은, 디킨슨이 말한 단호한 영혼에 대한 것이 아니었다. 속세적인 인간사에 대한 깨달음이라고 할까. 예로, 왜 우리는 사랑이라는 동서고금의 미명하에 다수의 사람 중에 하나를 선택하여 기타의 선량한 다수에게는 아무렇지도 않게 돌로 길을 막아 버리는가.

디킨슨은 시의 제목으로나 내용으로나 인간의 사랑은 언급하지 않았다. 그런데도 그런 연상은 지금도 나의 기억 속에 자리하고 있다. 그만큼 그의 시의 특징은 강한 첫 인상을 남긴다. 특유의 발상과 관찰력, 그것을 간략하고 재치 있게 묘사한다. 짧은 경구 같은 시구도 매우 독특해서

잘 잊히지 않는다. 먼저 디킨슨의 다른 시를 살펴보는데 앞서 「영혼」에 대해 적어 보기로 한다.

영혼

영혼은 자신만의 세계를 선택한다—
그리고는—문을 닫는다—
그의 성스러운 대다수에게는
더 이상 나타나지 않는다.

움직이지 않는다—마차들을 보고도—멈춘 것을 보고도—
내려 보이는 낮은 문에 멈춘 것을—
움직이지 않는다—황제가 무릎을 꿇는다 해도
매트 위에서—

난 그런 영혼을 알고 있다—그 광대한 나라에서—
하나를 택하고서—
그리고는—관심의 밸브들을 닫아버리는 것을—
마치 돌처럼—

The Soul

The Soul selects her own Society—
Then—shuts the Door—
To her divine Majority
Present no more—

Unmoved—she notes the Chariots—pausing—
At her low Gate—
Unmoved—an Emperor be kneeling—
Upon her Mat—

I've known her—from an ample nation—
Choose One—
Then—close the Valves of her attention—
Like Stone—

마지막 결구가 되는 "돌처럼"이란 말의 냉철함, 돌의 모양을 말하지 않아도 작은 조약돌이 아님은 누구나 상상할 수 있다. 바깥 세상에 대한 관심의 문을 닫는 초연함이 차갑게 느껴진다. 보통 이런 시를 쓸 수 있는 사람은 즉흥적인 정서를 적지 않는다. 자기만의 세계, 그것이 작은 방일지라도 혼자만의 공간에서 세상을 숙고하고 물으며 비판과 자기반성을 거듭하여 섬광처럼 떠오르는 연상을 스스로의 만족감인 듯 탁 던질 것이다. 디킨슨의 시를 읽으면 그런 시인의 표정이 떠오르는 것이 나만의 반응인지는 모른다.

디킨슨의 전기는 그 자신이 위의 시에서처럼 돌처럼 문을 닫고 은둔의 삶을 산 탓인지 알려진 것이 많지가 않다. 그가 태어난 미국 동부 매사추세츠의 애머스트Amherst는 청교도적 분위기가 짙은 곳이었다. 그의 조부가 애머스트대학을 세우는데 앞장섰던 곳이고, 아버지는 그 대학의 이사였다. 당시의 다른 집도 그랬겠지만 디킨스의 집안도 가부장적이고 권위적이었다. 아버지가 성공한 변호사이자 국회의원이었고, 집에서는

"그의 아내가 떨면서 복종했으며, 침묵했다"고 하니 시인 디킨슨은 그런 모습의 어머니보다는 독자적인 세계에서의 자유를 원했을 것이다. 역시 변호사인 오빠가 부모 몰래 공급해준 책에서 디킨슨은 놀라운 사상과 상상력을 키웠다. 이는 그 고장의 산 너머 사우스 해들리 여자 신학교South Hadley Female Seminary에 다녔으나 학문적 엄격함에 적응하지 못하고 돌아온 것만 봐도 짐작할 수가 있다. 그 이후 그는 잠깐씩 워싱턴, 필라델피아 그리고 보스턴을 다녀온 것 말고는 일생 애머스트를 떠나지 않았다.

디킨슨은 「영혼」처럼 황제가 그의 문지방에 무릎을 꿇는다 해도 마치 이층 창문에서 아래를 내려다보고만 있을, 철저하게 특별한 고독을 즐기며 산 시인이다. 그의 시 속에 들어오는 아름다운 코네티컷의 계곡과 정원들은 그대로 변함없는 실재였다. 19세기 그녀의 생전에는 겨우 7편 가량 발표되었던 시가 사후에야 속속 발견되었다. 그리고 한참이 지난 70년가량 뒤인 1955년에는 도합 1,775편이나 되는 시를 수록한 결정판이 나왔다. 시가 물건도 아닌데 이렇듯 엄청난 양이 유품으로 쏟아져 나오다니 놀라운 일이 아닐 수 없다. 그래서 그녀는 19세기를 살면서 20세기의 시인처럼 되었다. 이를 보면 세상과 일상적인 교류가 없어도 인간 상상력의 활력은 별개의 범주에서 움직이는 것 같다.

1992년인가, 내가 애머스트의 디킨슨이 살던 집을 방문했을 때도 시인의 영혼은 여전히 순수하리만치 까다로웠다. 나는 그녀의 집이 '디킨슨 하우스'로 일반인에게 오픈돼 있음을 알고 보스턴에서 약 두 시간 가량의 거리를 자동차로 달려갔었다. 그런데 서둘렀는데도 5시 15분, 문 닫는 시간을 15분 넘겨 도착했다. 기념관을 돌보는 자원봉사자는 아직 퇴근 전이었다. 그런데도 시간을 넘겼다고 문을 열어주지 않았다. 먼 길을 달린 것을 생각하니 그대로 돌아서는 것이 기분 좋을 리 없다. 디킨슨의 시를 가르친다고 말해 보기도 하고, 멀리 한국에서 왔노라고 해도 그 봉사자 역시 저 세상의 주인을 닮아 돌처럼 문을 닫는 것이다. 할 수 없이 하얀 이층집 현관 계단에서 사진 한 장을 찍고, 집을 한 바퀴 돌면서 창안으로 집안의 가구와 소도구들을 실감 없이 들여다보았다.

에밀리 디킨슨이 사랑했던 젊은 청년 뉴턴Ben Newton의 사무실은 어디에 있을까 두리번거렸으나 아무도 나에게 안내해 주는 사람이 없었다. 막연히 건너편 집 이층 창문을 약간 떨리는 가슴으로 한참 바라보았다. 뉴턴은 에밀리 아버지의 법률 보좌관으로, 견습생으로 들어와 디킨슨 가족과 함께 살았다고 한다. 워낙 한적한 곳이어서 누구든지 가까이 있는 사람 말고는 사랑할 사람도 달리 없어 보였지만 디킨슨의 전기를 보면 그들 남성들의 이름이 적혀 있다. 그중에도 뉴턴은 재기 넘치고 자유로운 사상을 가진 젊은이였다고 하니 에밀리의 관심을 끌고도 남았으리라. 단지 그가 너무 가난한 처지라 결혼까지 성사되지는 못했으며, 설사 아버지의 허락이 있었다 해도 불과 5년 후 그가 다른 도시에 가서 개업했다가 아까운 나이에 결핵에 걸려 죽고 말았으니 결국 이루지 못할 사랑이었다.

디킨슨이 "내 인생은 종말에 이르기 전 두 번 끝났다"(My Life closed twice before its close)고 적은 또 다른 시의 구절을 통해 짐작되는 것은, 적어도 디킨슨의 가슴을 열정으로 채운 사랑은 일생에 두 번이었던 것 같다. 두 번째는 첫 번째 사랑이 세상에서 사라진 후 아버지가 워싱턴에 볼일 보러 가는 길에 함께 여행을 했을 때였다. 그는 필라델피아에서 만난 찰스 와즈워스Charles Wadsworth 목사로 알려져 있다. "나에게 영생불멸을 가르치려 하다가" 나중에 "그 땅을 떠난 사람"이 아마도 그 사람인 듯하다. 그는 이미 기혼자였고 두 번이나 애머스트를 방문했다고 하지만 에밀리의 사랑은 역시 두 번 다 이루어지지 못했다.

나는 뒷동산이라고 까지는 불릴 수 없는 나지막한 언덕길에 올라가 보았다. 미국의 어느 마을처럼 교회 뒤 묘지가 있었다. 작은 땅의 영역에서 디킨슨도 고고한 선택권 없이 빽빽하게 주위 사람들과 어울려 누워 있지 않은가. 하지만 역시 그의 시는 육체만의 것이 아니었다. 그래서인지 그의 이름이 새겨진 묘비도 밝아 보였다.

디킨슨의 많은 시는 '죽음'의 주제를 다루고 있으면서도 그 흔한 슬픔과 허망함 같은 비탄이 없는 것이 특징이다. 매우 짤막한 압축어로 이를 객관화하고 때로는 희화화한다. 죽음이란 어느 날 피할 필요 없이 다가가서 인사해야 하는 그런 것이다. 또는 우리의 눈에 확연히 보이는 것, 아니 움직임으로 다가오는 것으로 담담하게 묘사된다. 그 순간에 대한 예리한 관찰력이 놀랍고도 이색적이다. 이 범주의 수많은 시들 가운데 몇 줄만 예를 들어보자.

마차

죽음을 위해 내가 멈출 수 없었기에
그가 친절하게도 날 위해 멈춰 주었다
마차는 우리 둘만을 태웠고
그리고 '영원'도 함께였다.

우리는 서서히 말을 몰았다, 그도 서둘 필요가 없음을 알고
나도 마찬가지로 나의 일과 여가를 포기했으니,
그건 그의 정중함에 대한 것이었다.

Chariot

Because I could not stop for Death,
He kindly stopped for me;
The Carriage held but just ourselves
And Immortality.

We slowly drove, He knew no haste
And I had put away
My labor and my leisure too,
For his civility.

　이 시의 처음 두 연을 보더라도 죽음은 매우 점잖게 마차로 화자를
모시러 온 것 같다. 이 세상에서는 황금마차만 타는 황제일지라도 천국으
로 가는 마차는 똑같은 모양일 것이다. 하던 일을 멈추고, 지닌 것을 미련
없이 버려두고 마차에 오르는 화자는 우아하기까지 하다. 이에 비해 요즘
우리가 TV 장면에서 보듯, 불의의 사고로 점잖은 마차는커녕 들것에 실
려 황급히 응급실에 들어가는 상황은 생명의 끝이 저럴 수는 없다는 생각
을 하게 만든다. 디킨슨의 마차를 향해서는 주위의 비탄의 소리도 작을
것 같고, 공포의 수술대도 없으며, 악몽에 시달린 흔적도 전혀 없는 것이
다. 그 정중한 사자使者의 모습도 흰 옷을 멋있게 입은 신사로 그릴 수 있
을 것 같다. 디킨슨은 평소 집안에서도 흰 옷을 즐겨 입었다고 하는데, 앞
서 언급한대로 그에 대한 전기적 사실이 미미하기에 어떤 사람의 한 마디
도 놓칠 수가 없다. 한 예로, 그의 부친 친구 중 한 교수가 후일 말하기를
순백색의 옷을 입은 에밀리는 휙 들어와 방들을 통과하면서 좌우로 인사

하고는 휙 나갔고, 사람이라기보다는 어떤 정령에 더 가깝게 보였다고 한다. 흰 옷을 입은 젊은 여성이 휙 휙 집안에서 왔다 갔다 하는 모습을 상상하면 그 자신도 예비정령으로 살았는지 모르겠다.

조금 더 계속해서 그가 탄 마차를 따라가 보기로 한다. 죽음의 신사紳士인 사자와, 이를 예비한 자가 천천히 마을의 익숙한 풍경에 눈을 돌리며—아니 풍경들이 이쪽을 보고 있는—목적지를 향해 간다. 학교 마당에서 싸우고 노는 아이들, 마차를 응시하는 곡물의 들판, 지는 해도 마차를 비켜 지나가고, 이슬이 차게 내리는데 주인공은 얇은 가운과 망사 베일만 쓰고 있다. 그리고 둔덕처럼 보이는 집 앞에 멈춘다. 이 세상의 종착지다. 그러나 이 시의 마지막 연에서는 현재의 여기가 아닌 영원한 것에서 '시간'의 의미를 적고 있다.

> 그때 이후 수백 년이 지났지만
> 그 날보다는 더 짧게 느껴지니
> 말의 머리가 영원을 향한다고
> 처음 추측했던 날보다—

> Since then't is centuries; but each
> Feels shorter than the day
> I first surmised the horses' heads
> Were toward eternity—

영원을 말하는 디킨슨의 시행들은 짧고 시어들은 간결하다. 시인이 말하고자 하는 개념을 흐트러뜨리지 않기 위해서 신중하게 하나의 특별한 시어를 선택한 것이다. 예로, 죽음 주제의 또 다른 시편 「내가 죽었을 때」("When I Died")는 우리의 의식이 희미해질 때를 한 마리 파리의 윙하는 소리, 그리고 가늘어 보이는 파리의 동작으로 표현한다. 전체 네 개의 연에서 첫 번째와 마지막 것을 적어보면,

내가 죽었을 때

나는 한 마리 파리의 윙하는 소리를 들었다―내가 죽었을 때―
방 안의 정적은
공중의 정적 같았다―
마치 폭풍이 높아졌다 끊기는 사이처럼―

....

파랗게―불확실하게 비틀대는 소리로―
빛과―나 사이에서―
그리고는 창문들이 보이지 않았고―그리고는
볼 것을 아무것도 볼 수 없었다.

When I Died

I heard a Fly buzz―when I died―
The Stillness in the Room
Was like the Stillness in the Air―
Between the Heaves of Storm―

....

With Blue—uncertain stumbling Buzz—
Between the light—and me—
And then the Windows failed—and then
I could not to see—

우리에게 보이는 것은 숨죽이고 있는 방안의 고요함 속에서 단 한 마리로 추정되는 파리의 소리와 동작이다. 마치 인간의 마지막을 증명하는 상태로 파란색과 비틀거림의 동작이 영화 한 컷의 장면으로 많은 것을 대변하는 것과 같다고 하겠다. 시각적으로나 청각적으로 파리의 인상은 선명하다. 또한 죽음을 과거형으로 함으로써 인간이 주체임을 단언하고 객체인 파리가 따라온 것 같은 효과를 자아내고 있다. 얼핏 생각하면 우리가 흔히 듣는 '사람 목숨은 파리 목숨이야' 하는 자조적인 말과 상통하는 것 같지만, 디킨슨 시어의 상징성과 은유는 보다 차원이 다르다. 가만히 앉아서도 운 나쁘면 파리채에 당하는 별 볼일 없고 미움만 사는 잠시의 생명체가 아닌 영원과 연결된 삶을 이야기 한다. 인생에는 노고도 있고 슬픔도 있지만 모두 보람 있는 것으로 여겨야 하는 것이다. 삶과 죽음이 자연스럽게 같은 수평선에 떠있는 것이며, 삶에 아름다움이 있다면 죽음도 그래야 하는 것이 디킨슨의 시다. 시는 상상력의 미적 세계인 것이다.

또한 디킨슨의 상상력은 가끔 우리의 상식을 도치시킨다. 그 예로 「성공」("Success")을 읽어보자.

성공

성공은 한 번도 성공하지 못한 사람들에게
가장 달콤하게 여겨진다.
신주神酒의 맛을 알기 위해선
가장 고통스러운 욕구가 있어야 한다.

오늘 승리의 깃발을 쟁취한
모든 자줏빛 옷의 군대 중 어느 누구도
승리에 대해 아주 명료하게
그 정의를 말할 수 없을 것이다.

패배했기에, 죽어가면서ㅡ
들어서는 안 될 귀에
멀리서 들리는 승전의 노래가
고통스럽고 명료하게 터진다!

Success

Success is counted sweetest
By those who ne'er succeed.
To comprehend a nectar
Requires sorest need.

Not one of all the purple Host
Who took the flag today

Can tell the definition
So clear of victory

As he defeated, dying —
On whose forbidden ear
The distant strains of triumph
Burst agonized and clear!

흔히 사람들은 승리의 기쁨은 승리를 쟁취한 측의 몫이기에 당연히 승자가 그 의미를 안다고 생각할 것이다. 그러나 위의 시에서처럼 승자는 술에 취해 승리의 정의를 말로 설명하지 못한다. "와— 승리를 위해서 마시자—"로 들뜰 때, 패자의 귀에 그 노래 가락은 얼마나 처절한 것인가. "들어서는 안 될 귀"라고 했다. 그런데 가혹하게도 죽음에 대한 생각보다 상대방의 함성이 더 병사들의 귀를 아프게 한다. "아— 저게 바로 승리구나!" 만일 국가의 운명과 사활을 건 전투라면 그들에게는 보다 "절실한 승리의 욕구가 허락됐어야" 했다. 방금 치룬 사투로 인해 승자 쪽이라 할지라도 어떻게 상대방 패자의 통분을 이해할 여유가 있겠는가. 승리의 현실감은 오히려 쓰러져 누운 자가 더 뼈저리게 이해할 것이다.

승자가 정의 내리지 못하는 것을 패자가 안다는 것은 일반화된 보편적 지식은 아니다. 그러나 우리가 디킨슨의 시를 읽는 즐거움은 어떤 과학적 진술보다 시인 특유의 시적 진술에 있다. 우리가 알고자 하는 것이 자연이건 사회이건, 또는 역사이건 인식의 객체에 대해 일반화시키면 보편적인 지식으로 대체로 쉽게 수긍된다. 그렇지 않은 경우는 개인의 독특한 안경으로 창 너머의 세계를 그리는 경우이다. 여기서 독자는 탐색의 즐거움을 맛본다. 즐거움 없이 탐색의 노고만 있다면 독자는 책꽂이에 자리하고 있는 책만 봐도 보기 싫을 때가 있을 것이다. 그런 점에서 디킨슨의 시집에 매력을 느끼는 사람들은 시간이 지나도 꾸준한 독자가 된다. 그의 독특한 시세계에 담긴 지혜가 매번 새롭고 특별하게 느껴지기 때문이다. 삶과 죽음이 연장선상에 있으니 노래하는 승자도 승전가를 듣는 쪽도, 어쩌면 양쪽 모두 전장의 숙명적인 동행자인지 모른다.

시인은 삶도 죽음도 미적 달관으로 보는 듯하다. 디킨슨은 여성으로서 당시 전쟁터에 갔을 리가 없다. 그녀는 바깥 세계에 돌처럼 문을 닫고서, 하얀 이층집 안에서 하얀 옷을 입고, 고독을 상상의 빛으로 가꾸며 자신만의 시세계와 함께 산 시인이었다.

토마스 하디
Thomas Hardy
| 1840–1928

잔혹하게 인간의 삶을 조롱하는 하디의 '시간', 그 내재적 의지

—— *Thomas Hardy*

오늘날 보통사람들이 흔히 생각하는 시간이란 무엇일까, 시간의 존재성과 시간의 의미를 생각하며 세월을 보내는 사람들이 얼마나 될까. 시청 건물 이마에 부착된 커다란 시계부터 우리들 손목에 장식품처럼 매달고 수시로 내려 보는 시간은 모두가 휴대폰의 정보기능처럼 시간 알림일 뿐 인생의 '시간'을 생각하게 하지는 않는다.

현대인 중 시간에 쫓기고 시간 속에서 세월이 가고 자신들의 모습이 변해 가면서도 그 실시간에 대한 철학적 인식을 하는 사람은 많지 않을 것이다. 과거의 시간은 흘러 없어졌고 미래의 시간은 오지 않았으니 알 수 없는 것이고 그렇다고 현재의 순간순간은 확실하게 인식되는 것일까?

하디가 보는 인간의 숙명적인 시간은 삶의 비극적 조건이다. 조금만 화같이 엉뚱한 말로 하자면 하디가 살았던 시대는 지금처럼 시계가 몸 가까이에 흔하게 있지 않았기에 멀리 인생이라는 큰 범주에서 시간을 보았다. 나는 캘린더 작은 칸에 시야가 갇혀 있으며, 지금 나는 단지 '시계의 삶'을 살고 있는 것 같다.

우리는 매일같이 시간을 경험하며 살면서도 시간에 대한 정의를 내려 보라고 하면, 아마도 사람은 왜 사는가를 질문 받았을 때만큼 제각각의 대답이 나올 것이다. 그것은 인간 존재의 의미를 의식하지 않으면 답이 나올 수 없는 문제이기 때문이다.

하디는 그의 시를 통해 시간은 명상을 넘어 숙명이고 압박임을 알려준다. 그의 시에는 초월적 명상이 아니라 일상 경험에서 일어나는 일들에 대한 현실인식이 담겨 있다. 그가 그 어느 것보다 절실하게 생각한 문제는 시간이다. 젊음과 아름다움을 앗아가는 것, 따라서 무언가 만들어 나아가는 것이 아니라 일방적이며 불가항력적으로 인간의 삶을 파괴해 가는 것이 그가 보는 시간이다. 그러니 인간의 생애는 덧없는 가운데 언제, 어느 때 도사리고 있던 시간의 힘이 변덕을 부리며 덮쳐오면 속절없이 당할 수밖에 없는 것이다.

그렇게 인간의 삶을 지배하는 것은 소위 내재적 의지Immanent Will라는 맹목적 의지이기에 하디의 작품 속 인간은 무력한 비극적 존재이다. 우리는 그러한 대표적 인물이 하디의 소설 『테스』(*Tess of the d'Urvervilles*)의 주인공임을 곧바로 떠올릴 수 있다. 돌이켜보니 나 역시 20세 전쯤 젊은 감상으로 이 기막히게 불쌍한 운명의 테스를 생각하며 눈물을 쏟았었다. 아름답고 순진무구한 여주인공이 일찍부터 아무 죄 없이 부모의 궁핍으로 시작하여 이어져 가는 불운으로 남성들에게 배반당하고 마침내 진정한 사랑을 되찾기 위해 운명에 저항해본 것이 살인이라니, 이 모든 것은 그때그때마다 운명의 장난 같은 내재적 의지에 휘말린 것이다.

하디는 『테스』와 『귀향』(*The Return of the Native*) 외에도 30년 동안이나 많은 장편과 주옥같은 단편소설을 내놓았기에 소설가로 알려져 있지만, 그는 시로 시작하고 시로 끝날 만큼 시인으로서의 업적이 크다. 10여 권의 시집에는 극시나 서정시를 포함하여 대개 이야기로 전개되고 사건과 인물들이 등장한다. 피상적으로 보면 하디의 인물들은 앞서 말한 내재적 의지라는 것에 휘둘리는 것이지만 시의 한 장면 한 장면의 변해 가는 과정을 살펴보면 거기에는 무의미한 것을 넘고 가면서 죽음에 이르기까지 시인이 진정 원하는 삶의 지향성이 있음을 보여준다.

왜 인생은 이러한 것인가를 개탄하는 것은 왜 이런 모습이 될 수 없을까 하는 그리움, 그리고 추억을 통한 고통의 반추에서 인생의 큰 의미를 그리는 시인의 마음을 읽을 수 있다.

그럼 하디의 시간과 운명이 잘 묘사된 시 몇 편을 예를 들어 살펴보자. 먼저 「우연」("Hap")을 읽기로 하고 두 번째 연까지를 적어 보면,

우연

만일 어떤 복수심 강한 신이 나를
저 높은 하늘로부터 불러 놓고서, 그리고 웃는다면;
"너 고통 받는 자여 그대는 알라, 너의 슬픔은 나의 큰 기쁨
네 사랑의 상실은 내 미움의 이득임을!"

그렇다면 나는 그것을 참아야 하는가. 이를 악물고, 그리고 죽어야
  하는가,

부당하게 분노를 샀다는 생각에 마음이 굳어졌는데;
반쯤 마음이 가벼워짐은 나보다 훨씬 '강력한 어떤 자'가
의도한 것이었고 또한 내가 흘린 눈물을 측정한 것이었다.

Hap

If but some vengeful god would call to me
From up the sky, and laugh: "Thou suffering thing,
Know that thy sorrow is my ecstasy,
That thy love's loss is my hate's profiting!"

Then would I bear, and clench myself, and die,
Steeled by the sense of ire unmerited;
Half-eased, too, that a Powerfuller than I
Had willed and meted me the tears I shed.

위에서 시인이 적은 복수심에 불타는 신은 우리가 알고 있는 기독
교적 신이 아니다. 원수까지도 사랑하라는 하느님의 섭리는 인류에게 행
복을 주고자 한없이 참는 자비의 신이다. 회의주의자였던 하디는 복수의
신을 대변하는 '강력한 어떤 자'의 존재를 의식하고 있다. 그것의 의지는
인생행로의 '시간' 속에서 필연적 이유도 없이 고통을 주기도 하고 변덕
스럽다. 우리가 주사위 던지듯 맞이해야 하는 '시간' 속에서도 삶을 영위
한다는 것은 얼마나 불안하고 억울한 인생인가. 이 시의 마지막 연은, 인
간은 결국 이를 악물고 죽을 수밖에 없는 시인의 비관적인 인생관을 담고
끝맺고 있다.

그러나 그렇지는 않다. 어떻게 오든 기쁨은 살해된다.
그리고 일찍이 씨 뿌려진 최선의 희망이 왜 꽃피지 못하고 시드는가
'우둔한 우연'이 해를 가리고 비를 막고,
주사위 던지는 '시간'이 기쁨 대신에 신음을 던지고
이러한 반소경의 불길한 예언자들이 나의 인생행로에
축복을 뿌리거나 고통을 뿌리거나 했었기 때문이다.

But not so. How arrives it joy lies slain,
And why unblooms the best hope ever sown?
—Crass Casualty obstructs the sun and rain,
And dicing Time for gladness casts a moan...
These purblind Doomsters had as readily strown
Blisses about my pilgrimage as pain.

　　위에서 보는 것처럼 인간에게 기쁨 대신 신음을 주는 '시간'은 주
사위 던지는 장난을 예사로 하면서 고통을 주고 있으니 하디는 그것을
"숙명적인 잔악한 폭군의 시간"(Time the tyrant fell)으로 인식한다. 이에
대한 고뇌는 그의 나이 25세에 쓴 「아마벨」("Amabel")에서도 잘 나타나
있다. 제목인 "아마벨"은 라틴어인 'amabilis'에서 따온 것으로 사랑스럽
고 아름다운 그대라는 뜻으로 읽을 수 있다, 한때 아름답던 한 여성의 변
화를 시인은 이렇게 묘사한다.

아마벨

나는 그 여자의 망가진 모습을 주목했다
관습에 찌든 관점들을,
그래서 물었다. "그 안에 살고 있는 것인가
　나의 아마벨이?"

Amabel

I MARKED her ruined hues,
Her custom-straitened views,
And asked, "Can there indwell
　　My Amabel?"

　첫 번째 연에서부터 시인은 어떤 아마벨을 상상했기에 오랜만에 만난 그 여자의 인상을 세상살이에 고통 받는 모습으로 그리고 있을까. 첫 줄을 '주목하다', '보다', '알아차렸다'로 해석할 때 약간 놀라움까지 포함된 감정으로 대문자로 시작하고 있다. 우리는 곧잘 나의 변함은 모르고 상대방에게 실망하는 경우가 있다. 심하면 옛날 지인의 모습이 그대로일 것이라고 착각하여 그의 동생이나 아들딸들에게 인사를 건네려는 경우도 있는 것이다. 그럼 이 시에서 시인의 관찰을 계속 따라가 보기로 하자.

　나는 그 여자의 옷을 쳐다보았다.
한때의 장밋빛이 지금은 흑갈색;
그 변화는 마치 조종 소리와 같았으니
아마벨의.

그 여자의 기계적인 걸음은
5월의 생기를 잃었고;
그 웃음은 한때 드높이 솟아 감미롭던,
아마벨을 망쳐 놓았다.

I looked upon her gown,
Once rose, now earthen brown;
The change was like the knell
    Of Amabel.

Her step's mechanic ways
Had lost the life of May's;
Her laugh, once sweet in swell,
    Spoilt Amabel.

아마벨의 옷을 보니 이전의 장밋빛이 아니라 흑갈색, 우중충한 색
이긴 하지만 하디는 이를 조종 소리와 같은 비약적인 부정으로 대조시키
고 있다. 걸어가는 모습조차 예전의 경쾌한 감정이 없고 감미롭게 드높았
던 웃음소리도 없으니 아마벨을 망쳐 놓은 것이 시간이 아니면 무엇이겠
는가. 시인은 아름다움을 앗아간 '시간'의 난폭한 힘에 저항할 수 없음을
보여준다.

위에 적은 12행 이후에는 화자가 그런 숙명적 변화에 대해 "어딘가
의 옥상에라도 기어올라 울고 싶은 이 마음"이라고 슬픈 정서를 적고 있
다. 그리고는 막강한 시간의 힘 앞에 소극적인 순응의 태도를 보이며, "운

명에 그녀를 맡기고 이별을 고하리 / 마지막 나팔이 울릴 때까지 안녕 /
오 아마벨이여!"로 끝맺는다. 아름다움이 사라졌다고 죽음을 언급하고 있
는 화자는 과장스럽기까지 하다. 누구나 젊었을 때 연정을 느꼈던 대상을
몇 년 후 찾아가 만나게 되면 대개 이와 비슷한 감정을 느낄 것이다. 그러
나 이런 현상을 성숙으로 볼 수도 있지 않겠는가. 그런 긍정적인 변화란
하디의 시에서는 감정의 자극을 불러오지 않는다. 현실적으로 우리가 사
모하는 아름다움이나 미덕은 결코 시간이나 환경과 관계없이 확고 불변
의 형태로 남을 수 없는 것이다. 더욱이 미와 미덕이 일체감으로 존재한
다는 것은 대개 겉보기에 그럴 뿐, 심층으로 들어가면 누구도 측정할 수
없는 성질의 신의 판단 영역에 속한다. 그것을 시인들은 두 개의 합일을
꿈꾸며 끝없이 추구하는 것은 아닌지. 하디의 비관론적이며 염세주의적
태도도 그런 지향성의 단면이 아니겠는가.

마지막으로 위의 시들과 연관되는 시간의 변화에 대한 시인의 관점
을 보여주는 또 다른 시 한 편을 더 읽어보자. 「웃음으로 계속되는 인생」
("Life Laughs Onward")은 에마Lavinia Emma 부인이 죽은 1912년 이후 쓴
것으로 추정된다. 여기에서도 화자는 정처 없이 찾아간 그리운 그 옛날의
집이 확연히 달라진 모습을 보고는 충격을 받는다. 변화는 여전히 잔혹한
시간 때문이다.

웃음으로 계속되는 인생

헤매듯 나는 옛집을 찾아가 보았다.
그곳엔 오래 전 내가 알던 사람이 살던 곳;
그 자리엔 온전히 집 한 채는 있었으나
그것은 새 집이었다.

Rambling I looked for an old abode

Where, years back, one had lived I knew;

Its site a dwelling duly showed,

　　But it was new.

첫째 연에서 시인이 말하는 장면은 우리들 일상에서도 누구나 한 번쯤 말하거나 듣는 이야기다. 그러기에 많은 가곡의 가사에서 "고향에, 고향에 돌아와도 그립던 고향은 아니러뇨"와 같은 비슷한 말들이 자주 등장한다. 과거의 시간 속에 존재했던 옛것은 사라지거나 변형된다. 다만 추억이라는 기억장치 공간에 담아 두었던 과거만이 우리들의 앨범에 정지된 이미지로 남아 있을 뿐이다. 그 기억은 어쩌면 현재 보는 것보다 더 강한 힘이 있기에 그것과 초점을 맞추기 위해서는 여기저기 헤매듯 돌아다닐 수밖에 없는 것이다. 화자는 두 번째와 세 번째 연에서 그동안 변해 있던 현실을 차츰 인정하게 된다.

　　나는 얼마 전 그곳을 찾아 갔었다.
　　잔디는 두 개의 가슴으로 갈라져 있었고
　　그곳엔 들국화만 화사하게 무성했는데, 마치 그 밑에는
　　아무 무덤도 없는 듯했다.

　　나는 단지를 따라 걸었다.
　　그곳에선 큰 소리로 아이들이 햇빛을 받으며 뛰놀고 있었다.
　　한때 그곳에 앉아 있었던 그 모습은
　　아무도 그리워하지 않는다.

I went where, not so long ago,

The sod had riven two breasts asunder;

Daisies throve gaily there, as though

No grave were under.

I walked along a terrace where

Loud children gambolled in the sun;

The figure that had once sat there

Was missed by none.

한때 그곳에 앉아 있던 사람은 그 자신일 수도, 그가 바라보았던 사람일 수도 있다. 떠들썩하게 놀고 있는 아이들은 그것과 무관한 현재인데 과거가 되어 돌아온 화자로서는 익숙했던 곳이 오히려 낯선 고장이 된 것이다. 그리고 현명한 화자는 곧 현실에 돌아와 어쩔 수 없는 인생의 조건을 인정하며 할 말을 삼킨다.

인생은 웃으며 정복되지 않는 길로 계속되는 것

'옛것'이 '젊음'에 굴복함을 보았으니

그것은 당연한 일, 나의 너무나 아쉬운 기분도

입안에서 멈췄다.

Life laughed and moved on unsubdued,

I saw that Old succumbed to Young:

'Twas well. My too regretful mood

Died on my tongue

이러한 시간의 흐름은 젊음에게도 예외는 아니다. 그의 시 제목처럼 우리의 삶이 진정 '웃음으로 계속되는 인생'으로 체험될 수 있을까. 그렇게 희망하고 노력하고 참고 기다리며 인간의 한계를 긍정적으로 받아들여야 하는 것이다. 온전한 웃음의 인생을 저절로 체험한 사람은 아마도 모래밭에 올라온 진주보다 귀하다고 하겠다. 시인이 그려낸 웃음은 아이들의 것이기에 단지 허망함이 드러나지 않을 뿐, 그렇게 인생은 떠들썩하게 지나고 곧 추억이 되어 아쉬움을 안겨 준다. 그것을 받아 들여야 하는 것이 하디가 본 인간의 운명이다.

하디는 '시간'이 인생의 현실에 깊이 개입되고 있음을 일찍부터 그의 시에서 하나의 일관된 주제로 삼았다. 그것은 그의 불안과 고뇌의 대상이었다. 인생을 조롱하는 시간이 차츰 인간의 운명을 지배하고 파괴할수도 있다는 허무주의 관점을 그의 여러 시에서 엿볼 수 있다. '시간'은 압도적인 힘을 과시한다. 하디의 시에서 쇠락한 이미지들은 색조, 종소리, 웃음소리, 걷는 모습 등으로 추억이 아닌 현실의 공간 속에 보여줌으로써 더욱 실감나게 과거와 대비된다. 우리가 가끔 괴로움에 휩싸일 때 곧잘 '시간이 약이다'라고 말하지만 하디는 이를 독으로 본 것 같다. 하디의 전기에 의하면 그는 낭만적인 기질이었으며 만년에도 아름다운 여성들의 매력에 민감하게 반응했다고 한다. 그가 시간을 잔혹하게 본 것은 역설적으로 젊음과 아름다움의 영속성에 대한 지대한 관심이 아니겠는가.

윌리엄 버틀러 예이츠
William Butler Yeats
| 1865–1939

현대의 모순을 신비로운 상징의 세계로

—— William Butler Yeats

예이츠는 T. S. 엘리엇과 더불어 20세기 최고의 시인으로 그 명성이 아직도 굳건하다. 두 사람 모두 노벨문학상을 받은 위대한 시인이다. 예이츠는 그의 시에서 지적이며 난해한 엘리엇 시와는 달리, 자신의 명상과 사색을 통해 때때로 사적인 모습을 감추지 않는다. 흔히 독자는 시를 대할 때 시인이 말하는 대상을 그의 사상이나 철학적 관점을 통해 읽게 된다. 엘리엇의 경우는 더욱 그러하다. 그러나 예이츠 시를 대할 때는, 그의 초기 시에서부터 그가 어떤 명상을 했는지, 누구를 그리도 오랫동안 절실하게 사랑하여 시에 줄곧 등장시키는지를 알게 된다. 그런 면에서 우리는 시인 자신의 명상을 함께 하는 듯 점점 깊이 그의 시를 이해하게 되고 그가 꾸는 '꿈'에 동승하여 친근하게 아픔과 희열을 느끼게 된다. 꿈은 희망의 상징이다. 예이츠 시에는 신비스럽고 정교한 아름다움이 추상적이건 구체적이건 독자의 마음을 이끌어가는 힘이 있다.

엘리엇의 대작 「황무지」는 현대 삶에 대한 일종의 충격이고, 시의 형식도 기존의 문학적 특성을 뛰어넘는 새로운 것이었다. 반낭만주의 모더니스트 시의 표본이 「황무지」이다. 20세기 초의 현대는 당시의 비평가와 시인들이 반휴머니즘의 시대로 공통적으로 인식하고 있었다. 그럼에도 오늘날 예이츠의 시를 읽으면서 느끼는 감상은 꼭 그를 어떤 정해진 시대적 특성으로 구분지어 감상할 필요가 없다는 점이다. 그의 시는 현실을 비판적 시각으로 보면서도 '꿈'의 세계를 잃지 않는다. '꿈'은 시인의 이상 세계이며 낭만주의 시인에게서도, 그 전 시대에서도, 또 앞으로도 계속 시인이 담는 주요 주제의 하나일 것이다. 현실의 절망을 넘어서는 지혜를 담아 보여주는 것은 아마도 모든 시대의 시적 세계가 아니겠는가.

예이츠의 출생지는 더블린에서 가까운 지역 샌디마운트Sandymount이다. 그의 아버지는 그 지방에서 꽤 알려진 화가였다. 예이츠는 그의 유년기에 종교적 경향이 있었다고 말한다. 그렇지만 그의 할아버지가 한때 슬라이고Sligo에서 신교인 아일랜드 교회의 이름난 교구목사였으니 시인의 길로 들어서는 예이츠는 할아버지와는 달랐을 것이다. 그의 아버지도 할아버지와는 달리 불가지론자였다. 예이츠 자신도 그가 아버지의 종교와도 다른 "한 새로운 종교, 시적인 전통을 가진 하나의 어김없는 교회라 할 수 있는 것을 만들었다"고 말한 것을 보아도 예이츠 부자는 조부의 종교적 전통을 이어가지 않았다.

그러나 화가인 아버지가 만든 집안의 예술적 분위기를 이어 받아, 예이츠는 화가로서 생활을 하고 시는 부업으로 할 생각으로 고등학교를 졸업하고는 더블린의 메트로폴리탄 예술학교에 들어갔다. 2년을 다니는 동안 그는 같은 학교의 학생이었던 조지 러셀George Russell과의 교우관계를 중요시했다고 한다. 몽상에 잠기기를 즐겼던 예이츠는 신비주의자인 러셀을 만나면서 '신비술'Occultism에 열중하게 된다. 그리하여 유럽의 신비철학과 동양의 밀교도 공부하고 마술에 대한 시극도 서로 경쟁적으로 썼다고 한다. 그리고 일찍이 20대 초반에 런던으로 가서 당시 유행하던 유미주의를 표방한 라이머스 클럽Rhymers' Club에 가담하게 된다. 그는 후에 미술공부는 포기했지만 신비주의 연구는 시와 더불어 평생을 했다.

얼마 후 예이츠는 다시 더블린으로 돌아가 아일랜드 문예부흥운동에 참여한다. 예이츠 시의 다양한 어조와 문체는 자연스럽게 그의 극작품에서도 빛을 발했다. 당시 아일랜드에서도 19세기 말 유럽에서 노르웨이의 입센Ibsen의 지도력 아래 국민극이 번성한 것에 자극 받은 몇몇의 작가들이 더블린에 국민극장을 만들어 활발하게 연극 활동을 전개해 나갔다. 그레고리 여사Lady Gregory, 씽J. M. Synge 등과 함께 극작과 극장관리와 기금 모금을 통하여 애비극장Abby Theatre 운영에 지도적 역할을 하였다. 자신의 희곡 작품을 상연함으로서 그는 아일랜드 드라마 발전에도 크게 공헌한 것이다. 그의 시세계에서의 서정적이며 묵상적이고 철학적 사고를 유추시키는 신비로움이 극작품에서는 액션을 더함으로써 생동감을 준다. 시적인 대사가 사실적인 구어체 언어와 함께 풍부하게 사용되고, 다른 아일랜드 시인들처럼 예이츠는 중세 아일랜드의 영웅적인 전설들을 무대에 올렸다. 전설속의 영웅들에게도 때로는 서정적 감정이 있기 마련이고 관객들도 자국의 옛 주인공들의 이야기를 거듭 즐겨 보았을 것이다.

아일랜드의 지식인들이 국민극장에 애정을 쏟은 배경에는 아일랜드 독립을 성취하고자하는 염원이 컸기 때문이다. 예이츠가 그의 시에서 평생 동안 한 여성의 아름다움을 열정적으로 그리게 되는 주인공을 만난 시기도 이러한 애국운동 와중이었다. 그가 모드 곤Maud Gonne을 처음 만난 해가 1889년이다. 그때 그녀의 삶의 목적은 오로지 아일랜드의 독립을 이룩하는 것이었다. 예이츠는 그의 두 번째 시집부터 「마지막 시편들」("Last Poems")에 이르기까지 아름다운 모드 곤을 장미로, 트로이의 헬렌, 아테네의 여신으로 그리고 있다. 그러나 실재 그녀는 예이츠의 가슴에 오랫동안 사랑의 쓴 고통을 심어 준 사람이었다.

1903년 모드 곤이 예이츠의 절실한 구애에도 불구하고 존 맥브라이드John McBride 소령과 결혼하자 그 후 예이츠의 정치적 이념도 달라졌다. 그는 초기의 정치적 이상을 버리고 단호하게 리얼리즘의 태도를 보인다. 모드 곤의 남편이 1916년 4월 24일 일어난 부활절 봉기의 주동자 한 사람으로 체포되어 처형되자, 그때까지 미혼으로 있었던 예이츠는 52세의 나이에도 불구하고 다시 모드 곤에게 청혼하는 일편단심의 사랑을 보인다. 곤의 양녀에게도 청혼했으나 둘 모두 그를 받아들이지 않았다. 뜻을 이루지 못한 그는 다음해 결국 다른 여성 조지 하이드리Georgie Hyde-Lee와 결혼하게 된다.

예이츠의 시는 현대과학적 물질만능의 상태를 기피하면서 인간이 가져야할 '꿈'을 그린다. 그의 시 「비잔티움으로의 항행」("Sailing to Byzantium")도 그 하나의 예이다. 비잔티움은 동로마제국의 수도였고 특히 예술, 건축에서 그 찬란한 문화의 꽃을 피었던 곳이다. 시인이 생각하는 영원한 예술이 숨 쉬는 곳이다. 그는 현실의 가치체계에서 영원한 것을 외면하고 사는 청년들은 짐승이나 새들과 다를 바 없다고 말한다. 비잔티움의 "영혼의 장엄함"을 예이츠는 황홀한 감성으로 찬미한다. 육체적인 것을 버리고 사는 성시聖市의 모습을 찬양한다. 그러한 곳에 도달할 수 있다는 것은 꿈과 영혼의 세계에서만 가능한 것이다. 인류에게 '꿈'은 영원한 희망이면서 도피처가 된다. 우리가 종교에서 낙원의식을 갖는 것도 도피와 구원의 희망이 아니겠는가. 예이츠는 자신이 어릴 적부터 종교적이었다고 했으니 그의 시에 인류를 구원하는 희망이 '꿈'의 세계로 표현되는 것은 어쩌면 자연스런 일일 것이다. 그는 꿈을 상실한 현대인을 "병든 아이들"로 표현한다.

그럼 이제 시인의 꿈이 찬란하게 펼쳐 있는 짧은 시를 먼저 읽어보자.

그는 하늘나라의 옷감을 원한다

내게 만일 하늘나라의 수놓은 옷감이 있다면,
금빛 은빛으로 짜여 있는,
밤과 밝음 그리고 반쯤 밝은 빛의
파랗고 어렴풋하고 어두운 빛의 옷감이 있다면,
나는 그대의 발 아래 그 옷감을 깔아 드리우리다:
그러나 나는, 가난하기에, 가진 건 단지 꿈뿐이니;
나는 그대의 발 아래 나의 꿈을 펼쳐놓았으니
사뿐히 밟으시라, 그대는 내 꿈을 밟는 것이니.

He Wishes for the Cloths of Heaven

Had I the heaven's embroidered cloths,
Enwrought with golden and silver light,
The blue and the dim and the dark cloths
Of night and light and the half-light,

I would spread the cloths under your feet:
But I, being poor, have only my dreams;
I have spread my dreams under your feet:
Tread softly because you tread on my dreams.

　이 시에서 시인이 원하는 것은 현실 세계에 있는 것이 아니라 꿈속에 있다. 현실의 그는 가난하기에 그가 원하는 찬란한 것은 꿈에서나 가능한 것이다. 우리는 그 아름다움을 간절히 원하는 시인의 마음을 읽을 수 있다. 예이츠는 이 시를 34세 때 썼다. 모드 곤에 대한 사랑이 한창 일방적으로 불타고 있을 때니 꿈으로라도 그의 간절한 마음을 표현하고 싶었을 것이다. 그가 "가난"(poor)하다고 한 것을 꼭 우리말의 물질적 가난으로 옮길 필요는 없을 것 같다. 돈이 없다는 것보다, 뭔가 부족하고 서툴다는 의미도 포함된다. 그의 상상력은 화려하고 신비스럽기까지 하다. 시의 의미는 빛과 색채의 영롱함에 시인의 마음을 반영시킨다. 온갖 아름다운 색을 그리면서 시인 자신이 황홀감에 도취한 듯하다. 하루의 낮과 저녁과 밤도 빛으로 구분한다. 푸른빛과 희미한 빛과 어둠, 이 빛이 옷감에 수를 놓는다. 그런 옷감을 사랑하는 이의 발 아래 펼쳐 사뿐히 밟으라는 것, 곧 시인의 꿈과 함께 있고 싶다는 뜻이다. 특히 끝 부분이 김소월의 「진달래꽃」의 이미지와 유사하다.
　다음의 「이니스프리 호도湖島」도 예이츠가 낭만적 꿈에 부풀던 20대 후반에 쓴 것이다.

이니스프리 호도

나는 일어나 이제는 가리라, 이니스프리로 가련다.
그곳에 작은 오두막집을 지으리, 진흙과 잔 나뭇가지를 엮어 만든
  것으로;
나는 그곳에 아홉 줄의 콩 밭을, 꿀벌 집 하나를 가지련다.
그리고서 벌 소리 요란한 골짜기에 나 홀로 살리라.

그런 나는 거기서 평화로울 수 있으니, 평화는
  서서히 방울져 내려오는 것,
아침 장막으로부터 귀뚜라미 우는 곳까지;
거긴 한밤이 온통 은은하게 빛나고, 대낮은 보랏빛 광채,
그리고 저녁은 홍방울새의 나래 소리.

나는 이제 일어나 가리라, 항상 밤이나 낮이나
호수 물이 기슭에 나직이 찰싹이는 소리를 듣고 있으니;
내가 차도 위에 서 있는 동안, 또는 회색 빛 보도 위에서
나는 그 소리를 깊이 가슴 한복판에서 듣고 있기에.

The Lake Isle of Innisfree

I will aise and go now, and go to Innisfree,
And a small cabin build there, of clay and wattles made;
Nine bean rows will I have there, a hive for the honeybee,
And live alone in the bee-loud glade.

And I shall have some peace there, for peace comes
    dropping slow,
Dropping from the veils of the morning to where the
    cricket sings;
There midnight's all a glimmer, and noon a purple grow,
And evening full of the linnet's wings.

I will arise and go now, for always night and day
I hear lake water lapping with low sounds by the shore;
While I stand on the roadway, or on the pavements grey,
I hear it in the deep heart's core.

이니스프리는 아일랜드 서부 슬라이고Sligo 지방의 길 호수Lough Gill 안에 있는 작은 무인도의 이름이다. 슬라이고는 예이츠가 유년기를 주로 보낸 곳이고 그의 외가가 그곳에 있었다. 그는 10대 소년 때 아버지가 몇 구절 읽어 준 소로Henry David Thoreau의 『월든』(*Walden*)에 감명을 받아 언젠가 소로처럼 오두막집을 작은 섬 이니스프리에 짓고 홀로 살고 싶다는 꿈을 가졌다고 한다. 그는 인근 산야에서 이 섬을 바라보면서 딸기를 따 먹기도 하고 숲속에서 홀로 감상에 젖기도 했다. 그 후 그가 청년이 된 27세 때 런던의 플리트 거리Fleet Street를 향수에 젖어 지나면서 어느 상점 진열장 안을 바라보니 거기 설치된 분수에서 뿜어 나오는 물 위에 작은 공이 균형을 잡고 떠 있었다. 그 모습을 보고 호수가 생각난 그는 이 시를 썼다고 한다. 우리도 도시에 살면 때때로 번잡한 소음을 피해 어디 조용한 곳에 가서 살고 싶다고 말하지만 예이츠는 보다 구체적인 장소가 항상 그의 마음속에 자리하고 있었던 것이다. 그가 본 벌 소리 요란한 골짜기는 소음이 아니며 도시 속에서의 추억이다. 전원적인 평화가 느릿한 리듬과 잘 어울린다. 첫 줄에 "내가 일어나 가겠다"는 뜻은 누가복음 15장에 있는 탕자가 아버지께 돌아간다는 비유로 읽혀진다. 그가 훗날 여성시인 캐더린 티난Katherine Tynan에게 보낸 편지에도 "정말로 내 생애에서 가장 큰 영향을 준 곳은 슬라이고"라고 말했듯이 이니스프리와 그 근처 호수와 섬에 대한 향수는 오랫동안 그의 마음속에 자리하고 있었다.

끝으로 살펴 볼 「레다와 백조」는 위의 두 시와는 달리 생동감 넘치는 장면으로 긴장감마저 자아낸다. 예이츠는 희랍신화를 근간으로 이지적인 신의 속성이 인간의 육체적 감각과 결합하는 인류문명의 시발점을 그린다.

레다와 백조

갑작스런 타격: 커다란 날개는 아직도
비틀거리는 여인 위에서 날개 치며, 여인의 허벅지는
새의 검은 깃가지들에 애무당하고, 목덜미는 새의 부리에 잡힌 채,
백조는 그의 가슴팍에 속수무책인 그녀의 가슴을 껴안는다.

어떻게 겁에 질려 힘 빠진 손가락으로 물리칠 수 있겠는가
그녀의 느슨해진 허벅지로부터 깃털의 영광을?
그리고 어떻게 몸이, 그 하얀 급습에 쓰러져,
이상한 심장의 고동을 느끼지 않을 수 있으랴?

허리에 느꼈던 그 전율이
무너진 성벽, 불타는 지붕과 탑,

그리고 아가멤논의 죽음이 원인이었다.

그렇게 정복당했으니,

그렇게 하늘에서의 짐승 같은 피로,

그녀는 과연 그의 예지를 그의 힘과 함께 전해 받았을까,

무관심해진 그 부리가 그녀를 떨어뜨리기 전에?

Leda and the Swan

A sudden blow: the great wings beating still

Above the staggering girl, her thighs caressed

By the dark webs, her nape caught in his bill,

He holds her helpless breast upon his breast

How can those terrified vague fingers push

The feathered glory from her loosening thighs?

And how can body, laid in that white rush,

But feel the strange heart beatings where it lies?

A shudder in the loins engenders there

The broken wall, the burning roof and tower

And Agamemnon dead.

　　Being so caught up,

So mastered by the brute blood of the air,

Did she put on his knowledge with his power

Before the indifferent beak could let her drop?

첫 줄의 시작이 "불시의 습격"이라는 말로 이루어진 것을 생각하면 인류 역사상 나타난 사건들은 대개 조용하게 시작된 것이 드물다고 생각한다. 여기에서도 강물에서 무심하게 목욕하고 있었을 레다를 급습한 것은 그녀보다 몇 배나 강한 제우스신이었으니 도저히 피할 길이 없는 운명이었다. 희랍신화에 따르면 인류문명의 시발점은 하늘의 제우스신이 자신의 모습을 백조로 변장시켜 지상으로 내려와 레다를 잉태케 한다는 것이다. 그녀가 낳은 두 개의 알 중 하나가 헬렌이다. 헬렌은 트로이 전쟁을 일으키게 만들었으니 인류의 역사가 전쟁의 역사였음을 감지하게 된다. 트로이 전쟁 때 그리스군의 총사령관 아가멤논은 "무너진 벽과 불타는 지붕과 탑"으로 묘사되는 상황에서 결국 죽음을 맞게 된다.

첫 연에서 보듯이 레다는 수동적인 입장에서 놀라고 비틀거리지만 어찌할 수 없는 그녀의 가슴은 제우스의 강렬한 가슴에 안길 수밖에 없다. 이 시는 신과 인간의 결합을 생동감 넘치는 시구로 표현한다. 예지와 힘, 이성과 감정은 이율배반적이지만 육체의 속성은 이성인 신을 감각의 세계로 끌어들이고 있다. 감각적인 육체의 속성은 여기에서 초자연적인 신의 능력을 받음으로써 인간은 이성이라는 신의 도구를 부여받게 된다.

위의 시에서 시인은 근본적으로 이성과 감정, 주관과 객관, 육체와 정신 같은 대립적인 요소들의 합일을 모색하고 있다. 그의 초기와 중기 시는 몽상적이고 낭만적인 서정으로 그의 후기시 시풍과 차이를 보인다.

예이츠는 1923년 노벨문학상을 탔고, 그가 1921년 약 800년의 긴 영국통치가 끝나 독립된 새 국가, 아일랜드 자유국가Irish Free State의 상원의원이 된 것은 특기할 만하다.

로버트 프로스트
Robert Frost
| 1875–1963

가지 않은 길과 가지 못한 길을 생각한다

—— *Robert Frost*

우리는 지금 스스로 선택한 길을 가고 있는 것일까. 또 하나의 길도 좋아 보였는데 왜 그 길을 마다하고 이 길에 나의 인생을 맡겼을까. 가보지 않은 길에 대한 아쉬움에 문득 지금의 길을 의심하며 다시 돌아가고 싶지는 않은지. 그런 생각이 들 때면 나는 프로스트의 「가지 않은 길」("The Road not taken")을 떠올린다.

노란 숲속으로 두 길이 갈라져 있었다.
나는 둘 다 가 볼 수 없는 한 나그네이기에
오래 서서, 한 길이 덤불로 굽어지는 곳까지
멀리 바라보고 있었다.

Two roads diverged in a yellow wood,

And sorry I could not travel both

And be one traveler, long I stood

And looked down one as far as I could

To where it bent in the undergrowth;

여기에서 시인은 나그네가 되어 이미 한 길을 다른 길에 비해 더 관찰하고 있음을 보여준다. 자연을 통한 인생에 대한 관심, 자연경관을 바라보는 시인의 마음은 인간의 조건을 초월하지 않는다. 둘 다 가 볼 수 없는 것이 현실이기 때문이다. 우리는 모두 이 세상의 나그네로 산다. 그렇다고 정처 없이 여기저기 가다가 다시 돌아와 서성거릴 수 없는 시간과 공간의 제약이 있다. 의도적으로 유유자적의 길을 택해 사회생활에 얽매인 인생들을 멀리 보는 삶도 있겠으나 이 또한 무한대의 자유는 없는 것이다. 자연과 더불어도 기본적인 의식주를 자급자족하지 않는 한 누군가에게 신세를 지게 된다.

프로스트보다 불과 60년 전에 태어난 미국의 초절주의자 소로우 Henry Thoreau, 1817-62와 프로스트를 비교한다면 똑같은 지역의 자연을 대하면서 관조의 차이가 크다는 것을 느끼게 된다. 그들은 둘 다 뉴잉글랜드 지방의 자연풍경을 사랑했던 사람들이다. 소로우는 숲속 호숫가에 나무로 오두막집까지 짓고 우주 안에서의 인간과 자연의 일체감을 실생활로 체험할 정도였다. 그리고서 그는 미국문학사에 빛나는 글들을 남겼다. 내가 그곳 월든Walden을 찾아가 보았을 때 나의 생각으로는 그가 정말 누군가의 도움 없이 그렇게 생활할 수가 있었을까 의심스러울 정도로 고립된 삶이었다. 타잔 같은 사람, 숲에 떨어져 10대까지 동물과 더불어 살았던 야생아도 있었지만 그들은 소로우처럼 문명을 알고 자의적으로 들어간 사람이 아니다. 소로우로서는 성냥과 초도 사야 할 것이고, 머리도 깎아야 하고, 매일같이 일기를 쓰느라고 종이와 펜도 필요했을 것이다. 그는 도시에 신세진 것 없다고 주민세 내는 것을 거부했으나, 결국 그의 친구가 대납해 주지 않았던가.

소로우에 비해 프로스트는 시골의 정경을 좋아하면서도 자연과 인간의 관계는 매우 현실적이었다. 그 고장에 사는 주민의식을 갖고 출발하는 나그네이다. 프로스트 시의 여행자는 가야 할 길을 깊이 탐색하지 않는다면 한 평생에 이룰 수 있는 것에 엄청난 차이를 만든다고 생각한다. 어스름한 정서에 빠지지 않는 것이다. 이 시는 선택의 중요성, 일회성의 삶으로 향할 수밖에 없는 우리의 '가는 길'의 조건을 일깨워준다.

프로스트의 시에는 자연 속에서 무위도식하는 주인공은 없다. 자연을 보는 감성과 지혜를 얻는 통찰력은 복잡한 도시인과는 달리 솔직 투명하다. 소박한 예지가 돋보이는 농촌생활의 풍경, 노동의 가치에 대한 철학적 의미를 담은 그의 시들은 사과나무에 비치는 햇살처럼 빛난다. 그는 길을 덮은 많은 넝쿨을 수도 없이 보았을 것이다. 그리고 나그네가 오래 서서 생각한 그 길로 들어서지 않고 홀연히 딴 길로 발을 옮기니 독자는 잠시 의아해진다. 두 길 모두 아름답다고 느끼면서도 하나를 택한 이유가 프로스트의 인생관의 단면이 아니겠는가.

그러다가 다른 길로 들어섰다.
마찬가지로 아름다웠는데
아마도 그럴만한 이유가 있다고 생각했다.
풀은 우거지고 밟혀 있지 않았다.

그리로 지나감으로써
실제로는 거의 같은 정도로 밟힌 셈인데

Then took the other, as just as fair,
And having perhaps the better claim,
Because it was grassy and wanted wear;
Though as for that the passing there
Had worn them really about the same,

그날 아침 그 두 길은 모두
더럽히지 않은 낙엽에 덮여 있었다.
오, 나는 첫 번째 길을 딴 날로 미루었으니!
허나 길은 길로 이어지는 것을 알기에,
돌아와야 할 일은 없을 것이다.

And both that morning equally lay
In leaves no step had trodden black,
Oh, I kept the first for another day!
Yet knowing how way leads on to way,
I doubted if I should ever come back.

나는 이 글의 첫머리에서 언급한대로 여러 번 자문해 본 적이 있다. 내가 가는 길이 내 의지로 가는 것일까, 아니면 길이 길로 이어져 이에 이끌려 어쩔 수 없이 발걸음을 재촉하는 것일까, 뒤를 돌아다보며 다시 갔다 올 수는 없을까. 그러니까 프로스트에게 "가지 않은 길"은 나에게는 '가지 못한 길'로도 해석되는 것이다. 어떤 경우이든지 선택은 인생에서 큰 차이를 만든다. 때로는 작은 물건조차 그렇거니와 소신이나 이념은 추상적인 것으로 시작하여 더욱 그 길로 이어져 관념화된 차이에 갇히는 경우가 많다. 프로스트도 처음에는 언젠가 다시 돌아와 다른 길도 가 볼 수 있겠다고 생각했을 것이다. 길이 앞으로 계속 이어지다 보니 점점 제약이 가해지고, 택한 길에 대한 충실함이 돌아설 구실을 주지 않을 수 있다. 현자에게 길은 당연히 인생철학과 사상의 구현이다. 그러기에 범인들처럼 인생의 조건을 곧잘 망각하는, 그런 안이한 생각은 시인의 머리에는 애당초 없어 보인다.

> 먼 훗날 나는 이 이야기를 어디에선가
> 한숨 쉬며 말하게 되리라.
> 숲속에 두 길이 갈라져 있었는데, 나는―
> 결국 덜 다닌 길을 택했노라고,
> 그 결과 모든 것에 큰 차이가 생겼노라고.

> I shall be telling this with a sigh
> Somewhere ages and ages hence:
> Two roads diverged in a wood, and I―
> I took the one less traveled by,
> And that has made all the difference.

두 길을 바라보다가 화자는 아무에게도 밟혀 있지 않은 듯이 풀이 무성한 길을 선택한 것을 후회하지 않는다. 프로스트는 "시란 기쁨에서 출발하여 지혜로 끝난다"고 말한다. 숲속에 사람이 지날 수 있는 길이 두 개나 멀리 뻗어 있다면 얼마나 위안이고 기쁨이겠는가. 보통 사람이라면 오히려 안 다닌 길이 불안할 것이다. 어느 것이 안전한가를 살폈을 것이다. 프로스트의 시에도 또 한 길을 뒤로 미루고 가 보지 못한 아쉬움을 비록 먼 훗날 한숨 쉬며 말할 날이 있을 것이라고는 했으나 후회하지는 않는다. 지각없이 남들 하는 대로 가지 않았기에 그의 삶에서 큰 차이를 보인 것이다.

그에게는 이 시의 제목처럼 "가지 않은 길"이지만 우리가 '가지 못한 길'로 지난날을 돌아보게 된다면 아마도 몇 갈래씩 있었던 꿈에 대한 아쉬움일 것이다. 선택의 안일함이던지 숙명적인 것의 결과일 수 있다. 프로스트의 시에는 과거회상적이거나 낭만주의 시가 보인 감상感傷이 없다. 자연에 대한 열정과 통찰력, 책임 있는 자유의지의 인생항로를 그린다. 뉴잉글랜드의 단순한 환경과는 전혀 다른 오늘의 복잡다단한 사회 문화 속에서도 남이 가지 않은 길을 선택하여 큰 차이를 빚어가는 젊은이들이 많다. 그들이 프로스트처럼 숙고하여 택한 길인지는 알 수 없으나 새로움에 대한 도전은 남이 덜 다닌 길로 들어서는 지혜가 있어야 한다. 무턱대고 새롭기만 해서 좋을 리는 없다. 이에 비해 고작 나의 젊은 날에 가고 싶었던 길들의 제목들을 되살려 보니 지금의 시대적 조명 아래서는 매우 초라하게 빛바래 있는 것들이다.

프로스트 시의 배경이 되는 지역의 모습은 지금도 우리나라 지방의 도시화처럼 크게 변하지는 않았었다. 아직도 덤불로 우거진 숲이며, 그의 또 다른 시 「자작나무」("Birches")에서처럼 시인이 어느 소년이 즐겨 흔든 것처럼 좌우로 굽어 있다고 상정해 보는 나무들이 많았다. 이 소년은 자작나무를 타고 하늘에 오를 수 있다고 생각했을 것이다. 실은 겨울철이면 깊은 숲속에 내린 눈의 무게로 휘어진 것인데, 시인은 아침 햇살에 아름답게 빛나는 나뭇가지 위의 얼음을 보고 소년의 천국의 마음을 본다. 자연과 인간과의 관계, 피조물 가운데 가장 아름다운 존재들을 그는 인접한 그 지역의 정경들에서 찾았다. 폐가인 농가도 절망으로 그리지 않는다. 옆에 있는 호수를 아름답게 그리면서도 단순한 사랑에 빠지지 않는다. 지역적 방언을 구사하는 자연스런 일상어 속에서 우리는 이성적인 상상력을 읽을 수 있다. 그의 「사과를 딴 후에」("After Apple Picking")에서도 사과 따기 작업은 괴로운 노동이 아니라 꿈속에서도 사과의 향기가 우러나는 일상 이야기의 연속성이 있다. 인간은 짐승과는 달리 괴로움 속에서도 수확의 풍요로움에서 만족감을 느낀다는 것이다. 동물의 단순한 겨울잠과 비교한 점도 매우 실감나는 농촌의 삶이다.

농촌에서는 대대로 내려오는 생활의 법칙이 있다. 그의 「담장 고치기」("Mending Wall")에 담긴 일화가 그들의 철학 일면을 말해준다. 이웃과의 사이에 놓여 있는 담장이란 헐어 버리면 시원할 것 같지만 실제로는 경계를 잘 보존하고 서로의 영역을 존중한다는 것이다. 내 쪽은 사과밭이고 옆집은 솔밭이면 "울타리가 튼튼해야 이웃 사이가 좋지요"이다. 옆집은 그의 아버지에게서 들은 말을 이어가고 있는 것이다. 옛날처럼 소가 울타리를 넘는 것은 아니더라도 지킬 것은 지켜야 오히려 서로의 우정이 돈독해 진다는 것이 그 동네의 교훈일 것이다.

프로스트는 일상의 지극히 단조로울 수 있는 장면들을 묘사하면서 그 속에서 핵심이 되는 시인 특유의 예지를 자연스럽게 스며나게 한다. 허무와 열등의식이 없는 삶, 단순한 자연묘사에서 즐거움을 찾고 이를 인생철학으로 연결하는 프로스트 시는 그 지역만의 가치를 대변하지 않고 보편적 가치를 끌어내는 감동이 있다. 시의 소재가 되는 숲, 바위, 돌담, 소나무, 사과밭, 겨울밤의 폭설, 얼어붙은 늪지와 호수, 그리고 아무도 밟지 않은 오솔길은 지금 우리들도 나그네처럼 사는 길목에서 만날 수 있는 정경들이다.

미국인의 사랑을 받았던 그의 시는 프로스트 자신의 목소리로 존 F. 케네디 대통령 취임식에서 그의 흰 머리카락을 찬바람에 휘날리며 읊어졌고, 1963년 대통령이 사망한 같은 해에 그도 세상을 하직했다.

윌리엄 칼로스 윌리엄스
William Carlos Williams
| 1883-1963

하나가 하나를 쳐부수지 않는 인간과 바다의 일체감

—— *William Carlos Williams*

아마 시를 가르치는 사람이 학생들에게 꼭 시인의 얼굴을 떠올리며 시를 읽어야 한다고 말하지는 않을 것이다. 그래도 어떤 특정 시인을 집중적으로 연구하거나 또는 유독 그의 시를 좋아하는 독자라면, 시를 읽는 동안 시인의 모습을 함께 연상하게 됨은 자연스런 일이다. 솔직히 나는 그런 두 가지 경우는 아니다. 어쩌면 공평무사하게 여러 시인을 대해야 편견 없이 객관적 시각을 갖게 된다고 생각하는 사람이다. 선택은 독자마다의 몫으로 열어 놓아야 한다. 그런데도 왜 나는 윌리엄 칼로스 윌리엄스의 사진으로 본 그의 얼굴을 때때로 말하고 싶은 것일까.

안경을 쓴 60대쯤의 얼굴이 내가 떠올리는 윌리엄스의 표정이다. 시인이라기보다 우리가 종합병원에 가면 만날 수 있는 권위 있는 의사의 모습이다. 흰 가운을 입고, 근엄함과 인자함이 함께 있는 표정으로 젊은 수련의들을 거느리고 복도를 걸어오는, 그러면 내 주치의가 아닌데도 인사를 해야 될 것 같은, 그런 친밀감이 드는 풍채다. 한마디로 의사와 시인이라는 그의 겸직에 둘 다 권위와 호감이 가는 것이다. 우리나라에서도 시인이 직업이냐는 논의는 요즘에 와서는 들리지 않는다. 옛날에는 지금처럼 명함에 자신을 시인이라고 적지는 않았던 것 같다. 직업 이상의 뭔가 독특한 것이었는데 요즘은 각종 단체가 생기고 회원이 되면 명함에 여러 개 직함이 나열되는 것을 볼 수 있다. 이러니 우리나라를 외국인들이 '직함을 의식하는 사회'the title conscious society라고 말할 만하다. 그런 면에서 보면 윌리엄스는 평생을 의사 직에 있었고 또한 줄곧 시를 썼는데 어느 것이 그의 생애에서 사회적 칭호를 받고 살았는지 궁금하기도 하다.

나는 그가 의사라는 사실을 알기 전 그의 시 「요트」("The Yachts")를 만났다. 그래서 그의 시가 "사물 외에 관념은 존재하지 않는다"(No ideas but in things)고 한 이미지즘의 현대시로 읽었다. 그리고 그의 직업을 알고는 어떻게 주관성을 배제하고 객관적 시상으로 현대시의 현상미를 추구할 수 있었을까 얼핏 궁금했다. 현실적으로 의사가 환자를 진찰하고 약을 처방하는 일들의 일상은 이미지즘 시인과는 다를 것이라고 생각했기 때문이다. 그러나 윌리엄스는 과거의 시작법 전통을 멀리하지 않으면서도 현대시의 전통을 세운 시인으로 꼽힌다. 의사의 직업이 환자와의 직접적인 관계라면, 그의 시는 아무런 관련성이 없어 보이는 대상도 끌어들여 매우 근접한 관계를 맺는다.

의사가 환자의 세세한 것을 관찰해야 하는 것처럼 눈으로 보는 시인의 관찰력 또한 예리하다. 그리하여 시각적 효과는 독자가 활자를 읽으면서 그림을 보고 있는 것 같고, 또한 시어들이 이끌어 가면서 우러나는 즉각적인 감흥에 젖으면서도 윌리엄스 시 특유의 이중성을 알아차리게 된다. 그의 시를 통해 보는 자연속의 움직임들이 인간 사회의 움직임들로 중첩되는 것이다. 우리가 회화를 감상하는 지침에서 자주 듣게 되는 말이 작가의 사상을 먼저 생각하지 말고 있는 그대로를 느끼라는 것이다. 「요트」도 우선은 그런 시각적 매력을 지니면서도 그림과는 또 다른 언어의 형식으로 내용의 심층구조가 있기에, 평범한 말들도 마술과 같이 독자의 마음을 사로잡는다. 독자의 시선과 감각이 시인과 함께 바다에 떠 있는 요트들의 풍경을 현실감 있게 바라보게 된다. 어떤 사상도 이념도 설득도 없는 시의 율동 속에 사로잡혀 가는 사물들의 움직임에 독자인 나의 심장의 박동이 들어 있었다. 이제 그의 「요트」를 읽어보자.

바다에서 겨룬다, 육지가 그 바다를 일부 에워싸고,
억제되지 않는 바다의 너무 큰 타격으로부터
그들을 보호해준다. 바다는 마음 내키면

제일 큰 선체도 괴롭히고 제일 기술 있는
사람에 맞서 두들기고 사정없이 침몰시키는,
안개 속에서는 나방 같고, 구름 없는 날의

세밀한 광휘 속에서는 번쩍이며, 넓게 부푼 돛으로
바람 따라 미끄러진다. 뾰족한 뱃머리로
녹색 물을 튀기며- 그러는 동안 배 위의 선원들은

개미처럼 기면서 정성들여 손질하여 풀어놓고는

빗나가면 잡아 세우고 잔뜩 뒤로 기울게 하고
바람을 다시 잡고는 나란히 목표 향해 나아가는 것이다.

contended in a sea which the land partly encloses
shielding them from the too-heavy blows
of an ungoverned ocean which when it chooses

tortures the biggest hulls, the best man knows
to pit against its beatings, and sinks them pitilessly.
Mothlike in mists, scintillant in the minute

brilliance of cloudless days, with broad bellying sails
they glide to the wind tossing green water
from their sharp prows while over them the crew crawls

ant-like, solicitously grooming them, releasing,
making fast as they turn, lean far over and having
caught the wind again, side by side, head for the mark.

　여기까지 보면 벌써 자연과 인간과 물체의 움직임이 서로 겨루는
것 같으면서도 일체감을 보이는 것을 알 수 있다. 요트들이 서로·겨룰 뿐
아니라 인간과 바다가 겨루고 있고, 또한 바다는 인간이 맞서기에 어렵다
는 것을 보여준다. 아무리 제일 큰 배도, 그리고 기술이 있는 사람도 바다
는 "사정없이 침몰 시키는" 힘이 있다. 그러면서 "안개 속에서는 물체들

이 나방 같다"는 시각적인 묘사 뒤에, 배 위의 선원들이 "개미처럼 기면서" 정성을 다해 바람을 다시 잡으며 목표를 향해 나아간다는 장면은 사실주의적 묘사이면서 뭔가 안도감을 느끼게 한다. 하나의 세력이 하나를 쳐부수는 장면이 아니라 각자 최대한의 역량을 동적으로 발동시키며 경주에 임하는 모습, 그 열정을 보여주는 것이기에 독자도 설레면서 파도를 타고 있는 듯하다. 그리하여 다음 연에서는 젊음에 대한 연상이 자연스럽게 이어진다.

> 무겁게 혹은 날쌔게 아첨하며 뒤따르는 크고 작은 배들에
> 둘러싸인 잘 경호된 트인 바다의
> 경기장에서 요트는 젊게 보이고 행복한
>
> 눈빛처럼 진기하게 보이고 우리 마음에 흠 없고
> 자유롭고 바람직하게 비치는 아름다움으로
> 살아 있다. 지금 요트들을 안고 있는 바다는
>
> 그것들의 반들한 옆구리를 핥으며 침울하다, 마치
> 작은 흠이라도 찾으려다 완전히 실패한 것처럼.
> 오늘은 경주가 없는 모양이다. 그러는데 바람이 또 인다. 요트들은
>
> 출발에 대비하여 서서히 움직이고 신호가 떨어지자
> 앞으로 나아간다. 이제 파도는 요트들을 두드리지만 워낙
> 잘 만들어진 것이라 돛은 말았으나 빠져나간다.

In a well guarded arena of open water surrounded by
lesser and greater craft which, sycophant, lumbering
and flittering follow them, they appear youthful, rare

as the light of a happy eye, live with the grace
of all that in the mind is fleckless, free and
naturally to be desired. now the sea which holds them

is moody, lapping their glossy sides, as if feeling
for some slightest flaw but fails completely.
Today no race. Then the wind comes again. The yachts

move, jockeying for a start, the signal is set and they
are off. Now the waves strike at them but they are too
well made, they slip through, though they take in canvas.

바다에 펼쳐진 풍경묘사가 적극적으로 드러나 있는 것은 그만큼 시
인의 정서가 더욱 넓게 반응하고 있음을 보여준다. 요트들의 산뜻한 모습
이 인상적이다. 요트들이 경주하는 것인데 마치 바다와 요트들이 경주하
는 것 같고, 경마나 운동경기에서와 같은 리듬으로 그렸다.

요트는 경마이고 바다는 인간의 힘으로 의인화되기도 한다. 다음
연에서 바다의 물결도 의인화되어 시각적인 것을 넘어 이제는 시인의 주
관과 상상력이 "고민과 절망의 얼굴들이 그 주위에 깔린 바다" 라고 적으
며 경주의 공포감을 비친다.

꽉 잡은 손과 팔이 뱃머리를 쥐려 한다.
진로를 막으려는 무모한 몸뚱이는 옆으로 베어진다.
고민과 절망의 얼굴들이 그 주위에 깔린 바다

드디어 실감되는 경주의 공포, 정신을 아찔하게 하고
온 바다는 붙잡을 수 없는 것을 안고 있는
정신없는 물 몸뚱이들의 엉킴이 된다. 깨어지고,

얻어맞고, 처량하게 쳐들어야 할 사자死者에게까지 닿으며,
졌다, 졌어! 라고 그들은 외친다, 능숙한 요트들이
지나갈 때 외침은 계속 파도로 일고 있다.

Arms with hands grasping seek to clutch at the prows.
Bodies thrown recklessly in the way are cut aside.
It is a sea of faces about them in agony, in despair

until the horror of the race dawns staggering the mind;
the whole sea become an entanglement of watery bodies
lost to the world bearing what they cannot hold. Broken,

beaten, desolate, reaching from the dead to be taken up
they cry out, failing, failing! their cries rising
in waves still as the skillful yachts pass over.

"정신을 아찔하게" 만든 것은 화자의 마음의 상태이며, "얻어맞고, 처량하게 쳐들어야 할 사자"에서 파도는 의인화되어 전우를 보살펴 준다. 이런 광경에서 파도의 강렬함은 요트 경주에 임하는 선수들의 열정과 똑같아서 일체감을 보여준다. 어느 한 쪽이 다른 하나를 쳐부수지 않는다. 경주를 하면서 바다와 자연과 인간이 언어의 율동을 타고 멋있게 속속 헤쳐 나가는 장면은 이 시의 압권이라 할 수 있다. 자유로운 아름다움이다.

윌리엄의 시를 읽는 독자의 감성이 시인이 만들어내는 음률에 자연스럽게 동승한다는 것은, 이 시의 초반에 시인의 주관성이 배제돼 있는 것을 보여주기 때문이기도 하다. 시 제목이 곧바로 시의 본문과 연결되도록 소문자로 적은 것도 특이하다. 이런 경우 처음부터 읽기에 속도감을 주고 제목으로 알 수 있는 요트 경기의 리듬에 유의하게 만든다. 이어서 나오는 시어나 시행들은 3행시이면서도 관계대명사로 이어지는 산문시 형식으로 이채롭다. 그는 시를 '관념이 아닌 사물로 말하라'고 하는 시론으로 문화적 이념이나 사상적 이데올로기를 담은 시를 배격했다. 사고논리의 끈질긴 전개보다 사물의 인상을 적어 나간다. 일상에서 볼 수 있는 사물들에 대한 면밀한 관찰이다. 사물이 강한 정신에 끼치는 영향이 적극적으로 상호작용한다. 거창한 이론을 내세우지 않았으니 독자가 면밀하게 따라 읽으면 자연스럽게 시인이 그려내는 이미지의 감각이 전달된다.

윌리엄스는 뉴저지 주의 러더포드Rutherford에서 나서 뉴욕에서 고등학교를, 그리고 펜실베니아 의과대학에 들어갔다. 대학에서 당시 이미지즘 시운동의 선봉자였던 에즈라 파운드Ezra Pound를 만났고 그와의 우정은 그 이후에도 이어졌다. 그는 소아과 의사가 되어 출생지인 러더포드에서 병원을 개업하고 평생을 의사로서 그곳에서 살면서 시를 썼다. 그는 대학생 시절부터 시를 쓰기 시작했고, 의사 수습기간 중에도 줄곧 시를 썼다.

의사가 된 후도 항상 일상적인 것, 주변 사물에 관한 것에 시선을 두고 있었다. 면밀한 관찰력이 각별하면 우리의 일상 속에 시의 소재는 장소를 불문, 무궁무진한 것이다.

흔히 시인들은 다른 시인의 시를 잘 읽지 않는다는 말이 있다. 왠지 윌리엄스의 시는 그의 환자들이 먼저 읽었을 것 같고, 이미지즘 기법에 익숙지 않으면서 관심을 표한 환자들에게도 그는 친절하게 자신이 본 요트 경기가 얼마나 신나는 것인가를 설명했을 것 같다. 이 말은 그의 전기에 나와 있지 않으니 단지 나만의 상상이다. 이 글을 시작하면서 적은 윌리엄스 시인의 인상처럼 의사와 시인으로서의 삶이 아주 별개의 정신세계에 살고 있는 것처럼 보이지 않기 때문이다.

에즈라 파운드
Ezra Pound
| 1885-1972

1910년대 이미지즘 시론을 주장,
20세기 문단의 진로를 결정한 시인

—— Ezra Pound

　　현대시가 난해하다는 소리를 듣게 된 시초는 20세기 들어와 일찍이 닥쳐온 제1차 세계대전 전후를 기점으로 하여 일어난 '신시운동'부터라고 하겠다. 그 대표 시인이 에즈라 파운드다. 그는 시대의 저명한 시인들에게 신선한 자극을 제공하면서 지대한 영향을 끼쳤다. 이름만 나열해도 20세기의 거장들인 T. S. 엘리엇, 제임스 조이스, W. B. 예이츠, E. E. 커밍스 등이 그와 친분을 맺었고, 파운드는 그들에게 새로운 시 형식에 대한 관심을 유발시켰다. 이 때문에 에즈라 파운드는 현대 영미시단에 전설적인 인물처럼 되었다.

　　전쟁은 역사적으로 항상 파괴와 더불어 필연적으로 새로운 질서로의 갈망을 만든다. 물질적 삶의 파괴에 따른 정신적 황폐는 지성인들에게는 참아내기 어려운 고통이었다. 엘리엇의 「황무지」("The Waste Land")
도 대표적으로 유럽의 그러한 정신적 지주가 파괴된 세계를 그린 것이었
다. 그의 첫번째 시 「J. 알프렛 프루프록의 연가」를 1915년 미국의 ≪포에
트리≫(*Poetry*)에 소개한 사람도 파운드였다.

　파운드도 엘리엇처럼 미국에서 태어나 미국 대학을 나온 후 영국으
로 건너가 활동한 시인이다. 파운드는 당시 영국에서 흄T. E. Hulme의 영향
을 받으며 시를 쓰고 있던 상징파Imagist 시인들의 작품도 ≪포에트리≫에
소개하곤 했다. 파운드는 자신의 첫 번째 시집을 이탈리아에서 냈고, 중
세문학과 프로방스문학에 대한 지식을 넓혀 갔으며 이를 번역할 정도의
해박한 지식의 문인이었다. 그의 지적탐구 영역은 놀라울 정도로 넓었다.
그는 펜실베니아대학에서 로만스문학을 연구한 것을 비롯해 동양미술에
대한 연구, 특히 「중국」("Cathay", 1915)에 이태백의 시를 소개하기도 했
다. 그리고 그는 서양인에게는 새로운 형식인 일본의 노能에 대한 책까지
펴냈다.

　새로운 내용에는 새로운 시 형식이 필요했으니 파운드는 기존의 시
형식 대신 새로운 시적 표현을 찾아 실험과 탐구를 끊이지 않았다. 파운
드의 이미지즘 시론에 의하면 시는 정확한 언어로 사물 자체를 제시하는
것이다. 그는 "시는 산문처럼 잘 쓸 것"을 주문했으며, 사물을 직접 다루
어야 하고, 추상적 언어가 아닌 정확한 언어여야 한다고 했다. 그는 관념
과 감정의 남용을 배제하고 로맨티즘을 극복하는 데 공헌한 시인이었다.
한 시대를 휩쓸었던 이미지즘 시인들은 한마디로 다양성을 추구하면서
그들 시의 영역을 발전시켰다. 그들은 한자나 희랍 고전에서도 시의 형식
과 사상을 빌려옴으로써 기존의 영시를 탈바꿈시켰고 그 중심에 파운드
가 있었다. 그의 탐구는 지속되었고, 이미지즘에서 '소용돌이주의'Vorticism

라는 새로운 형식에 관심이 옮겨갔다. '소용돌이'라는 말이 시사하듯, 당시 전위예술가들의 일종의 미학운동은 혁명적인 것으로 유럽에서의 예술과 문학사에 기록된다.

그의 대표작으로는 「휴 셀원 모벌리」("Hugh Selwyn Mauberle")와 「캔토스」("Cantos")가 꼽히고 그 외로는 많은 시집, 문예평론과 정치평론 등이 있다. 그의 생애에서 특기할만한 것 중 하나는 1924년 이탈리아 라팔로로 거처를 옮긴 후 2차 대전 중 무솔리니의 파시즘에 협력한 죄로 전후에는 전쟁범죄자로 지목된 일을 들 수 있다. 이 때문에 그는 재판을 받았고 정신병원에 입원하기까지 했다. 그는 미국으로 압송되기 전에 피사의 포로수용소에서 『피사 시편』(Pisan Cantos, 1948)을 썼고, 이 작품으로 볼링겐Bollingen 상을 수상했다. 그리고 석방된 후 이탈리아로 다시 건너가 살다가 그곳에서 사망했다.

파운드는 평생에 걸쳐 예술세계의 방랑길에 일생을 보내면서도 현대시 흐름의 방향을 바꿀 만큼 문학사에 큰 족적을 남긴 인물이었다. 그는 일찍부터 자신의 시론을 『16편의 시고』(A Draft of XVI Cantos, 1925)에 모았고, 1933년에는 『30편의 시고』(A Draft of XXX Cantos)를 발표했다. 그의 계획으로는 단테의 『신곡』과 그 구조를 같이하여 100편까지 장시를 쓰는 것이었다. 고대와 르네상스와 현대를 집대성하여 하나의 웅대한 시적 대곡大曲을 구상한 것이다. 특히 1940년경에 나온 71편의 『캔토스』는 그 영향력이 대단했다.

이제 읽어보고자 하는 57행까지의 『캔토스』 시편들은 『오디세이』(Odyssey) 11장의 서두 부분을 대체로 원전에서 자유로이 벗어나 쓴 것이다. 때문에 우리가 원작을 알면 어렵지 않게 내용을 이해할 수 있다. 원작의 오디세이는 지구 끝까지 항해하여 그곳에서 지하세계의 혼령들을 불러오는 인물로 상상력이 풍부한 모험가이다. 파운드는 그의 항해를 통해 문명의 암울한 측면을 그리면서 그 자신의 항해처럼 마음속 감추어진 부분을 읊는다. 파운드 시어의 뛰어난 음악성을 염두에 두고 오디세이의 경험을 고대영어의 운율과 유사한 두운체로 적고 있다는 것을 안다면 이 시편에서 이중의 감상을 즐길 수가 있다.

캔토스

(I)

그리고서 배로 내려가
부서지는 파도에 선체를 싣고, 성스런 바다로 나아갔다. 그리고
우리는 햇볕에 타 그을린 배에 돛대와 돛을 세우고,
양들을 태웠고, 그리고는 우리의 몸도 실었다.
울음으로 마음은 무거워지고, 선미에서 불어오는 바람이
돛을 부풀려 우리를 앞으로 밀고 나갔다.
이것은 키르케의 술책, 머리를 곱게 단장한 여신,
그리고는 우리는 배 안에 앉았고, 바람이 손잡이 키를 밀어,
활짝 핀 돛으로 해가 저물 때까지 항해한 것이다.
해는 잠자리에 들고 그림자가 온통 바다를 덮었다.
그리하여 우리는 아주 깊은 물의 경계에 다다랐으니,
그곳은 키메르족의 땅들, 사자死者들의 도시들은
  촘촘히 거미줄 친 것 같은 안개로 덮여 있어, 일찍이
햇빛이 스며든 적 없고
별들이 하늘에 펼쳐지는 일도 없는, 하늘에서 뒤돌아 볼 일 없는

칠흑의 밤이 그곳 불상한 사람들 위에 펼쳐져 있었다.
바다 물은 역류하고, 그리고 우리가 온 곳은
미리 키르케가 알려준 곳.

The Cantos

(I)

And then went down to the ship,
Set keel to breakers, forth on the godly sea, and
We set up mast and sail on that swart ship,
Bore sheep aboard her, and our bodies also
Heavy with weeping, so winds from sternward
Bore us out onward with bellying canvas,
Circe's this craft, the trim-coifed goddess,
Then sat we amidships, wind jamming the tiller,
Thus with stretched sail, we went over seal till day's end.
Sun to his slumber, shadows o'er all the ocean,
Came we then to the bounds of deepest water,
To the Kimmerian lands, and peopled cities
Covered with close-webbed mist, unpierced ever
With glitter of sun-rays
Nor with stars stretched, not looking back from heaven
Swartest night stretched over wretched men there
The ocean flowing backward, came we then to the place
Aforesaid by Circe.

여기에서 페리메데스와 유릴로쿠스는 제사를 지냈고,

그리고 나는 허리에서 칼을 뽑아

조그마한 구덩이를 팠다.

죽은 이들 하나하나에게 헌주獻酒를 쏟아 부었다.

처음에는 밀주, 다음은 달콤한 와인, 밀가루를 섞은 물을,

그런 다음 나는 창백한 해골들에 여러 번 기도를 올렸다

이타카에 도착하여, 최고의 거세된 숫소를

제물로 하고, 보물로 불섶을 쌓아,

양은 티레시아스에게만, 검고 종을 단 우두머리 양.

검은 피가 구덩이에 흐르고,

에레보스에서 나온 영혼들, 창백한 사자死者, 젊은이들의

신부들 그리고 많은 고난을 겪은 노인들의 영혼이;

최근에 흘린 눈물로 얼룩진 영혼들, 여린 소녀들,

많은 병사들, 청동 창끝들로 상처 입은,

전장은 망가졌는데, 아직도 피투성이의 무기를 지니고,

이들 나이 많은 병사들이 나를 에워싸고, 소리치며,

나를 창백하게 만들고, 나의 부하들에게 더 많은 제물을 요구했다;

우리는 양들을 살해했고, 양은 청동의 칼로 살해된 것이다;

기름을 부어, 신들에게 호소했고,

강한 자 플루토에게, 그리고 프로세르피나를 찬양했다.

폭 좁은 칼을 뽑아들고,

나는 앉아서 성급한 힘없는 사자들을 접근 못하도록 하였다,

티레시아스 말을 들을 때까지는.

그러나 먼저 엘페노르가 왔으니, 우리의 친구 엘페노르가,

매장되지 않은 채, 광대한 대지 위에 버려진,

그 유해를 키르케의 집에 남겨두었던,

울지도 못하고, 무덤 안에 시체를 싸지도 않은 채였으니.

다른 일에 쫓겨 그리하였던 것이다.

가엾은 영혼. 나는 황급하게 소리쳤다:

"엘페노르여, 너는 어찌하여 이 어두운 곳으로 왔느냐?

걸어서 온 것이냐, 선원들에 앞서서?"

　　그러자 그는 무거운 어조로 말했다:

"불운과 과음 때문이다. 나는 키르케의 집에서 잠을 잤지.

긴 사다리를 조심하지 않고 내려가다가,

그만 버팀 벽에 부딪혀 쓰러져서,

목뼈가 부러지고, 영혼이 저승을 찾아간 것이다.

그런데, 그대 왕이여, 울음도 매장도 없이 버려진 나를 기억해...

내 무기를 높이 쌓아 올려, 바닷가에 무덤을 만들어, 이렇게 새기라":

"*불운했던 자, 그러나 미래에 이름을 가질 자*

그리고 나의 노를 거기에 세우라, 내가 동지들과 함께 저어온 것이니."

Here did they rites, Perimedes and Eurylochus,

And drawing sword from my hip

I dug the ell-square pitkin;

Poured we libations unto each the dead,

First mead then sweet wine, water mixed with white flour,

Then prayed I many a prayer to the sickly death's-head;

As set in Ithaca, sterile bulls of the best

For sacrifice, heaping the pyre with goods,

A sheep to Tiresias only, black and a bell-sheep.

Dark blood flowed in the fosse,

Souls out of Erebus, cadaverous dead, of brides

Of youths and of the old who had borne much;

Souls stained with recent tears, girls tender,

Men many, mauled with bronze lance heads,

Battle spoil, bearing yet dreory arms,

These many crowded about me; with shouting,

Pallor upon me, cried to my men for more beasts;

Slaughtered the herds, sheep slain of bronze;

Poured ointment, cried to the gods,

To Pluto the strong, and praised Proserpine;

Unsheathed the narrow sword,

I sat to keep off the impetuous impotent dead,

Till I should hear Tiresias.

But first Elpenor came, our friend Elpenor,

Unburied, cast on the wide earth,

Limbs that we left in the house Circe,

Unwept, unwrapped in sepulchre, since toils urged other,

Pitiful spirit. And I cried in hurried speech:

"Elpenor, how art thou come to this dark coast?

"Cam'st thou afoot, outstripping seamen?"

    And he in heavy speech:

"Ill fate and abundant wine. I slept in Circe's ingle.

Going down the long ladder unguarded,

I fell against the buttress,

Shattered the nape-nerve, the soul sought Avernus.

But thou, O King, I bid remember me, unwept, unburied,

Heap up mine arms, be tomb by seabord, and inscribed":

"*A man of fortune, and with a name to come.*

And set my oar up, that I swung mid fellows."

메리엔 무어
Marianne Moore
| 1887–1972

일상에서 관찰되고 경험하는 모든 것은 시의 소재가 된다

—— *Marianne Moore*

　　사람은 어느 시대 어느 곳에 태어나 그의 삶을 보냈는가에 따라 직업이나 인생 항로가 비슷해지는지도 모른다. 그것은 출신지의 문화적 환경, 상호 자극받는 인물들과의 교류 및 영향력 등이 있기 때문이다. 그런면에서 메리언 무어는 동시대의 유명한 시인들의 이름과 함께 비중 있게 거론되는 시인의 한 사람이다. 무어는 20세기를 대표하는 대시인 T. S. 엘리엇과 같은 도시 세인트 루이스St. Louis 출신으로 단지 10개월 먼저 태어났다. 그리고 어느 작품에서는 시적 분위기가 비슷한 느낌을 주는 윌리엄 칼로스 윌리엄스William Carlos Williams, 에즈라 파운드Ezra Pound, 그리고 윌리스 스티븐스Wallace Stevens 등과도 동시대의 시인이다. 이 시대의 시인들이 추구했던 것처럼 메리언 무어의 시도 개혁적이며 실험적이다. 시인이 여성적이라고 구별되는 부분도 미미하다. 긴 시행을 뚝뚝 절단하며 시행의 첫 자는 소문자로 하고 각운으로 리듬을 만들어 내는 것, 그리고 산문과 시의 구분을 무시하는 것 등이 무어 시의 특징이다.

무어가 자신의 시집 이름을 『관찰』(*Observation*)이라고 붙인 것에서도 짐작되듯, 그의 시는 개별 대상에 대한 예리한 관찰로 흐름을 이끌어 간다. 그의 시작법에서 주요 관찰 대상의 하나는 동물의 움직임이다. 동물을 매개로 하여 인간의 의식, 도덕적 관점을 표현하면서 매우 새롭고 불가사의한 문제들을 제시한다. 예로, 무어의 대표시 「물고기」("The fish")를 보면 단지 한 마리의 물고기에 집중하지 않는다. 그래서 시의 제목을 번역할 때도 '물고기들'이라고 하는 편이 더 좋겠다는 생각이 든다. 이 시에서 물고기들은 마치 수족관 안에서 여러 종류의 어류들과 함께 움직이고 있는 모습이다. 바다 속 물줄기를 따라 만나는 대상물 하나하나에 대한 묘사는 매우 세밀하고 실제적이다. 독자들이 무어의 실험성이 강한 시행의 처리 방법에 차츰 익숙해지면서 시의 흐름을 따라가면 시인이 말하고자 하는 결론에 비로소 다가갈 수 있다.

그럼 이런 관점으로 먼저 무어의 「물고기」를 읽어보자.

물고기

는 헤엄친다
검은 바위 속을
　까마귀–푸른색 홍합 중에서, 하나는
　항상 잿더미를 조절하고 있다
　　제 몸을 열었다 닫았다 마치

하나의
상처 난 부채처럼
   파도의 옆구리를 덮는
   조개삿갓은, 거기에 숨을 수가 없다.
    물속에 잠긴 채

햇살이,
유리처럼 갈라져서,
   스포트라이트처럼 빠르게
   바위 틈새에 들어가기에ー
    들락날락하며, 비쳐지는

물고기들의
청옥빛 바다를
   비친다. 물은 벼랑의
   무쇠 가장자리 속으로
    들이박는다. 그래서 불가사리들

분홍색
쌀알 같은, 잉크
   뿌려진 해파리, 녹색 백합 같은 게
   그리고 바다 속
    버섯이 서로의 몸에 미끄러져 간다.

모든

외부적

　학대의 표시가 이

　도전적인 구조물에 나타나 있다

　　모든 육체적 특징인

사고—

처마 장식의

　부재, 다이너마이트로 생긴 구멍, 불탄 자국,

　그리고 도끼 자국, 이런 것들이 두드러져

　　있다. 깊게 갈라진 틈은

죽어 있다.

되풀이된

　증거로 증명된 것은 이 구조물이

　젊음을 되찾을 수 없는 것에서도 살 수 있다는 것을

　　말해 준다. 그 속에서 바다는 늙어간다

The Fish

wade

through black jade,

　Of the crow—blue mussel shells, one keeps

　adjusting the ash heaps;

　　opening and shutting itself like

an

injured fan

    The barnacles which encrust the side

    of the wave, cannot hide

        there for the submerged shafts of the

sun,

split like spun

    glass, move themselves with spotlight swiftness

    into the crevices —

        in the out, illuminating

the

turquoise sea

    of bodies, The water dives a wedge

    of iron through the iron edge

        of the cliff; whereupon the stars,

pink

rice-grains, ink

    bespattered jelly-fish, crabs like green

    lilies, and submarine

        toadstools, slide each on the other.

all

etemal

    marks of abuse are present on this

    defiant edifice —

        all the physical features of

ac —

cident-lack

    of cornice, dynamite grooves, bums, and

    hatchet strokes. these things stand

        out on it; the chasm-side is

dead

Repeated

    evidence has proved that it can live

    on what can not revive

        its youth. The sea grows old in it.

　전체적으로 독특한 시형이지만 각 연들이 질서 있게 비슷한 모양으로 정돈되어 시각적으로 혼란스럽지는 않다. 소문자로 시작하는 첫 머리 글자도 특이한데 그것도 단어의 분절로 의미를 한동안 모호하게 만들고 있다. 시인이 그리는 바다의 물살과 빛의 움직임은 그 안을 헤매듯, 또는 민첩하게 움직이는 물고기의 동작을 그렇게 묘사한 것 같다. 물고기들이 헤엄치며 건너가는 동안 만나게 되는 물체 또는 생명체들도 여러 종류이다. 검은 옥색의 홍합, 스포트라이트 조명처럼 바위틈까지 골고루 비쳐 가는 햇살, 벼랑으로 쇠쐐기를 들이받기도 하는 물살, 그곳에 사는 불가 사리의 핑크빛 쌀알들이다. 색에 대한 서술이 워낙 선명해서 독자는 마치 그림책 페이지들이 겹쳐 스쳐 가지만, 시인이 끝으로 보는 물체의 모습들 은 점점 상처 난 구조물이다. 떨어져 나간 것, 틈이 나 있는 것, 그리하여 끝에 가서 물고기를 통해 보는 것은 늙어가는 바다, 젊음을 되살릴 수 없 는 죽어 가는 바다인 것이다. 앞서 보여주는 탁월한 시각적 상상력에 매 료되는 동안 독자는 바다의 실체를 조금은 충격으로 받아들이게 된다. 안 으로는 생명들을 키우면서도 바다는 험난한 생애를 보내고 있었던 것이 다. 시련을 겪으며 늙어가는 바다. 인생도 마찬가지가 아니겠는가.

다음으로는 시의 형식이 또 다른 「카멜레온에게」를 살펴보자.

카멜레온에게

포도나무 가지의 당당한 잎새와
과일의 당당한 잎새와
가지가 잘리고
윤기 나는 줄기
주위에 너의 마른 몸
카멜레온
밤의 왕의
육중한 에메랄드처럼
긴 에메랄드 위에
놓인 불, 이전처럼 스펙트럼 발산하여
먹이를 찾을 수 없구나.

To a Chameleon

Hid by the August foliage and fruit
　of the grapevine
　　twine
　　　your anatomy
　　　　round the pruned and polished stem.
　　　　Chameleon
　　　Fire laid upon
　　an emerald as long as
　the Dark king's massy one,
could not snap the spectrum up for food
as your have done.

이 시도 동물에 대한 예리한 관찰로 시작된다. 무어 자신이 말하는 그의 시론을 또 하나의 대표시 「시」("Poetry")에서도 볼 수 있다. 즉 박쥐, 코끼리, 늑대와 같은 구체적인 사물이 시의 소재가 될 수 있는 것은 물론이고 "비평가, 야구광, 통계가, 사무서류, 교과서"와 같은 흔히 비시적이라고 생각되는 것들까지도 시에서 제외할 수 없다고 말한다. 우리의 생활 경험 모든 것이 시가 될 수 있다는 것이다. 무어 시의 내용이 전통적이거나 진부하지 않은 것도 그러한 다양한 관점의 시도가 있었기 때문이다.

앞서 적은 20세기 저명한 시인들처럼 무어는 현대사상을 현대적 시형으로 짜놓은 시인이다. 그러면서 그의 동물 묘사는 매우 정확하고 객관적이다. 무어의 독창적인 상상력은 고양된 시상을 동물과 인간의 도덕적 관계에 초점을 두고 있다. 동물은 인간이 아니지만 활동하는 순수한 생명체이다. 이 시에서도 동물의 상태가 이전과 다르다는 것을 말한다. 「물고기」에서 바다 속이 시련을 겪는 동안 젊음을 다시 찾을 수 없게 된 것처럼, 여기 카멜레온도 당당했던 옛 모습은 사라지고 먹이를 찾을 수 없는 상황을 맞이한 것이다. 짧은 시형으로 같은 주제의 메시지를 담고 있다고 하겠다.

다음으로 살펴볼 「부활절 날개」는 「카멜레온에게」와 동일한 형식으로 되어 있으나 동물이 등장하는 대신 연약한 인간이 무릎 꿇고 읊는 기도문이다.

부활절 날개

주님이시여, 인간을 풍요롭도록 창조하심에도
　어리석게도 인간은 받은 것을 다 잃고
　　점점 타락하여
　　　마침내 아주 가난하게
　　　　되고 말았으니
　　　　당신과 함께
　　　오 나를 일으켜 주소서
　　종달새처럼, 정답게
　오늘 당신의 승리를 노래하게 하소서
그러면 타락은 더 나아가서는 내 마음의 비상이 될 것입니다.

저의 어린 시절은 슬픔으로 시작되었습니다.
　그리고 아직도 병과 수치심으로
　　당신께선 그렇게 죄를 벌하셨나이다.

그래서 저는

　매우 야위었습니다.

　저로 하여금 당신과 하나 되어

　오늘 당신의 승리를 느끼게 하소서

　왜냐하면, 제 날개를 당신 것에 올린다면

고통은 내 마음 속 비상을 더 높여줄 것이오니.

Easter Wings

Lord, who creates men in wealth and store

　Through foolishly he lost the same

　　Decaying more and more

　　　Till he became

　　　　Most poor

　　　　With thee

　　　Let me rise

　　As larks, harmoniously,

　And sing this day thy victories

Then shall the fall further the flight in me.

My tender age sorrow did begin

　And still with sickness and shame

　　Thou didst so punish sin,

　　　That I became

　　　　Most thin

With thee

Let me combine

And feel this day thy victory;

For, if I jump my wing on thine,

Affliction shall advance the flight in me.

우선 이 시의 형식을 보면 위의 다른 시와 유사점이 있으나 내용은
다른 주제로서, 병들고 쇠약해진 인간의 호소문이다. 무어의 다른 시들도
그렇지만 단어의 선택을 형식에 부합시키기 위해서 매우 간절한 어휘를
사용하여 수식어가 별로 없다. 이 기도문도 중언부언하는 말이 없이 솔직
담백하다. 시적 기교와 문체의 특성을 살펴보면, 첫째 음절에 의한 율격
을 중요시 한다는 것, 둘째 깨끗한 소리를 내는 각운을 들 수 있다. 자연
스럽게 리듬이 형성되도록 완벽한 시어의 선택에 중점을 두고 있는 것이
다. 무어 자신도 이 리듬에 대해 "리듬은 만들어낼 수 없다. 리듬은 인격
the person이다"라고 말했다. 단순한 시어로 자연스럽게 읊어지는 것 같으
나 시인은 각운을 만드는 단어 하나하나에 신중한 선택을 하는 것이다.
무어의 문장 자체도 "물체의 끌어당김이 중력의 지배를 받듯이, 나는 문
장의 끌어당김에 지배를 받는다"고 자신의 문장기법에 대해 말한 바 있
다.

무어는 또한 과거로부터 현재까지 폭넓은 역사의식을 갖고 글을 쓴
시인이다. 1930년대 공황기나 전쟁에 대해서도 깊은 관심을 보였고, 다양
한 주제로 많은 저술을 남겼다. 그의 시 「훈장을 불신하며」("in Distrust
of Merits")는 제2차 세계대전에 관한 것으로 평화를 갈구하고 자유를 갈
망하는 시로 널리 알려져 있다. 무어는 동물시 뿐 아니라 사회적 모순에

대한 문제 등도 폭넓게 다루었다. 여권운동, 동물학대의 문제 등 오늘날에도 거론되고 있는 다양한 주제들이 이 시대에 앞서 그의 시에 포함되어 있다. 시와 산문을 구별하지 않고 사용한 문장은 이러한 주제들에 적합한 기법이라고 할 수 있다. 그리고 시인의 사회 전반에 대한 관심은 그의 경력을 참작하면 충분히 이해가 된다.

무어는 브린 모어 대학Bryn Mawr College을 졸업하고 뉴욕시립도서관에 근무했으며 ≪다이얼지≫(*The Dial*)의 편집에도 관여하는 등, 현장에서 관찰되고 경험하는 모든 것을 시의 소재로 삼았던 시인이다.

T. S. 엘리엇
Thomas Stearns Eliot
| 1888-1965

20세기 현대시의 방향을 결정적으로 바꾸며 우뚝 선 대시인
- 초기시 「J. 알프렛 프루프록의 연가」

—— *Thomas Stearns Eliot*

T. S. 엘리엇은 20세기의 특출한 대시인이며 시극을 쓴 극작가이고, 시대를 초월하여 깊은 지혜를 읽을 수 있는 비평문을 무수히 발표한 비평가이다. 엘리엇은 이렇게 각 분야에서 동등한 평가를 받는다. 20세기 초 황폐해진 서구의 정신문명을 조감한 『황무지』를 비롯하여 기독교적 서정시 『성회 수요일』, 그리고 후기 작품인 『네 개의 사중주』 등은 현대시의 방향을 결정적으로 바꾸어 놓았다. 또한 그때까지의 인상주의적이고 역사주의적인 비평의 흐름을 일변시켜 "시를 시로써 보아야한다"는 신비평 이론의 근거를 제시하여 40, 50년대의 영미 비평계에 지대한 영향을 끼쳤다. 또한 그는 시극 『대성당의 시해』, 『칵테일 파티』 등 5편의 장막극을 비롯하여 모두 7편의 시극을 발표했다. 엘리엇의 작품을 읽으

면 현대 영미문학의 사조와 일반 유럽문화를 읽게 된다. 그의 작품에는 종교적이며 철학적 지적 고뇌의 자취가 역력하다. 그리고 시극 분야에서는 대중적 성공을 거둔 유일한 현대 시인으로 평가되고 있다.

엘리엇과 동시대의 비평가 리비스F. R. Leavis는 일찍이 1932년에 발간한 그의 비평서 『영국시의 새로운 방향』(*New Bearings in English Poetry*)에서 엘리엇이 현대시의 흐름을 새롭게 이끌어가고 있는 가장 중요한 작가라고 평가한 뒤, 50여년에 걸친 그의 평론작업 내내 엘리엇을 20세기의 가장 위대한 시인이며 비평가로 정립하고 있다. 특히 엘리엇의 비평이론들은 동시대에 대한 견해뿐 아니라 영국 문학의 전통을 광범위하게 다루면서 기타 비평가들에게 체계적인 이론을 제공해 줬다.

우리가 과거의 시를 읽으면서 그 시의 가치가 현재에도 존재한다는 것을 느낄 때 그 시의 생명력이 있다. 또한 현재에 반짝 눈길을 끄는 어떤 것이 있다 해도 그것이 '전통'의 흐름 안에는 들어가지 못한다는 것을 엘리엇의 대표적인 비평문의 하나인 「전통과 개인의 재능」("Tradition and Individual Talent")은 말하고 있다. 이 글에서 엘리엇은 과거와 현재의 연속성, 그리고 과거의 현재성을 중요하게 생각한다. 과거의 전통은 화석화된 유물이 아니라 현재에서도 그 생명력을 이어간다는 것이다. 시인들은 동시대 시인들 작품의 최상 부분뿐 아니라 과거에 대한 의식을 발전시켜, 죽은 시인들이 현재에도 살아있는 불멸의 존재로 현재의 시 속에 확고히 존재해야 한다고 역설한다. 엘리엇은 그의 초기 시부터 기존의 기법으로는 읽을 수 없는 새로운 양식의 시를 썼고, 한편 전통을 중시하고 유럽의 정신적 지주인 기독교 문명의 복구를 지향한 작품들을 남겼다. 그리고 이러한 그의 명성과 업적은 1948년에 노벨문학상이 수여되면서 더욱 널리 세계에 알려졌다.

엘리엇은 영국문학사, 특히 현대 모더니즘의 대시인으로 기록되지만 그의 출생지는 미국 세인트루이스이다. 그의 조부 윌리엄 그린리프 엘리엇William Greenleaf Eliot은 세인트루이스에서 그의 가문에 영향력 있는 유니테리언 목사였고, 그곳 워싱턴 대학을 창설한 지방의 유지로서 유니테리언 교리를 통해 사회봉사의 실천과 도덕적 규범을 강조하였다. 엘리엇의 어머니는 이러한 시아버지의 가르침을 존중하고 자식들에게도 공공의 목적을 위한 봉사정신을 심어주었다. 문학적 재능이 있었던 어머니는 일찍부터 아들 엘리엇에게 지극한 관심과 사랑을 기울였다. 특히 기독교 성자들의 이야기에 관심이 많았던 어머니는 줄곧 엘리엇에게도 그런 책을 읽어주곤 했다고 한다. 엘리엇의 유모도 어머니의 그림자처럼 밀착하여 어린 엘리엇에게 영향을 준 사람들 중의 한 명이다. 이러한 가정적 배경은 엘리엇을 따뜻하게 보호하면서도, 한편 엘리엇의 회상 속에 유니테리언이 일반 기독교 강령과 생활방식과 비교하면 퍽 까다로운 것으로 기억됐을 것이다. 1906년경 그가 하버드 대학에 진학한 후 문학과 철학을 연구할 때는 그의 조카의 말대로 유니테리언에 무관심했을 것이다. 엘리엇은 하버드에서 문학과 철학을 연구하였고, 박사과정에서는 영국 철학자 F. H. 브래들리 연구의 학위논문을 제출하여 통과되었다. 후에 영국으로 이주하고는 1927년에 드디어 영국 시민이 되었는데, 그는 은행 외국부에 근무하기도 하고 이름 있는 출판사 훼이버 엔 훼이버에 이사로도 있었다. 엘리엇은 노벨상 외에 대영제국 유공 훈장O. M. 등 많은 상과 명예 직함을 받았다.

이제 엘리엇이 27세 때 쓴 그의 유명한 초기시 「J. 알프렛 프루프록의 연가」("The Love Song of J. Alfred Prufrock")를 택해 어떠한 면이 모더니즘시의 특성을 지니고 있는지, 그 내용과 기법에 관해 살펴보자. 이 시는 주인공의 의식 속에 주관과 객관의 구별이 없고, 그가 중년의 신사가 되도록 사랑의 망상에만 사로잡혀 실천하지 못하고 고독하게 자기세계에 매몰돼가는 과정을 독백 형식으로 쓴 136행의 장시이다. 이 시는 기교면에서 엘리엇 동시대의 시들과, 그리고 그 이후의 현대시들과도 현저한 차이점을 보인다. 엘리엇 시가 아직도 현대시의 감각을 지니고 있는 것도 바로 그 기법에 있다고 해도 과언이 아니기에, 20세기 초의 문화체계뿐 아니라 오늘의 시점에서도 그 특성을 음미해 보게 된다. 그의 초기 시부터 전 시대의 시각으로는 이해되지 않는 새로운 기법에 대해 부정적 반응을 보인 비평가들도 있었다. 하지만 그만큼 독자적인 시로 주목을 받았다. 그의 시 기법 중 하나는 직선적인 움직임이 아닌 장면 장면을 잘라 놓듯이 전혀 다른 이미지로 병치시킨 것을 들 수 있다. 이러한 기법은 예를 들어 당시 엘리엇과 동시대의 화가들, 특히 피카소나 조르주 브라크가 사용하고 있었던 화법, 즉 큐비스트적 기법이다. 그림에서 사물을 캔버스에 부착시키는 방식으로 많은 압축된 정보들 속에 숨겨진 의미를 생각하게 만드는 것이다.

1900년 스페인을 떠난 피카소가 '꿈과 빛의 도시'로 여긴 그 시절의 파리는 혁명적으로 20세기 이전의 문예사조를 새로운 분위기로 변모시키고 있었다. 이러한 예술적 변동기의 와중에서 피카소보다 10년 뒤인 1910년 가을, 엘리엇은 어머니의 반대를 무릅쓰고 파리에 도착한다. 약 1년 동안의 파리 체류였지만 예민한 20대 초의 엘리엇이 미국의 동부 문화와 다른 파리의 예술적 변혁기를 담담하게 바라만 보았을 리가 없다. 엘리엇의 전기 작가로 엘리엇의 행적을 연대별로 상세하게 기록한 것으로 유명한 에크로이드Peter Ackroyd는 이 시점의 엘리엇을 이렇게 기술하고 있다.

그가 유럽 대륙을 처음으로 방문한 것이며, 파리의 분위기에 빠져들기 위한 것으로서 이전의 하버드 교수들로부터 받은 약간의 자극을 갖고 있을 뿐인데, 이는 익사하는 사람이 갑자기 공중으로 휙 끌어올려진 경험과 흡사한 것이었다.

이어서 파리에서의 엘리엇은 당시 그곳에 거주하고 있던 헨리 제임스Henry James의 환대로 소르본 대학 근처의 문화중심지에 거처를 정하게 된다. 엘리엇 자신은 이 시기를 '낭만적인 해'라고 하였으나 실은 '독자적인 지적 관계에 늪혀진 것과 같았다'고 한다.

엘리엇은 일찍이 후기 엘리자베스시대 시인들과 형이상학파 시인들에게서 영향을 받았으나, 청년기에는 프랑스 상징파 시인들에게서도 영향을 받았다. 특히 학부 2학년 때 만난 보들레르Charles Baudelaire, 다음 해 보게 된 아더 사이먼Arthur Symons의 『문학에 있어서의 상징파 운동』(The Symbolist Movement in Literature)이라는 얄팍한 페이지의 책, 그리고 이 운동을 통해 알게 된 라포르그Laforgue에게서 강한 영향을 받았다. 엘리엇은 언어의 효과, 리듬 등의 중요성은 전자에게서, 후자로부터는 자신을 객관화하여 풍자하는 표현법을 배웠다. 프루프록이라는 인물이 시인과 거리를 두고 때때로 풍자되고 희화화되기까지 하는 모습에서는 라포르그의 영향을 볼 수 있다. 또한 엘리엇이 한참 새로운 언어기법으로 주목받는 시인의 자리에 있었던 20세기 초에서 1930년대에는 아방가르드에 의해 예술계가 활발하게 토대를 굳히고 있었다. 아방가르드 운동은 당시 모더니스트의 기수였던 엘리엇의 시의 방향을 다르게 했으며, 1908년에 시를 쓴 그에게 영국인이건 미국인이건 영향을 준 사람은 없다 할 정도였다. 또한 제1차 세계대전부터 1920년대까지는 프랑스를 중심으로 다다이즘 예술운동이 일어나 기존의 전통예술에 맞서 자유롭고 반이성주의이며, 무의식의 세계를 임의적으로 그려냈다. 이 운동은 문학과 미술, 그리고 영화 예술에도 상당한 영향을 미치면서 '아방가르드 영화'도 활발하게 양산되었다.

엘리엇은 그 시절 위에서 언급한 큐비스트 운동 이외에도 전위적인 예술 풍조의 대두에 관해서도 알고 있었을 것이며, 이 시기는 그가 「J. 알프렛 프루프록의 연가」를 발표하기 바로 직전이다. 엘리엇은 그의 시에서도 이미지를 인위적으로 조각내어 병치, 또는 중첩시키는 다중적인 시점으로 사물을 보도록 유도하고 있다. 그러면서 엘리엇 시의 진수라고 할 수 있는 동서고금 지식의 패러디, 독특한 비유와 상징, 간단히 해석할 수 없는 언어의 다층적 의미 등 시의 관념적인 요소들과 다른 모습들을 보여주고 있다.

그럼 구체적으로 「J. 알프렛 프루프록의 연가」의 몇몇 장면들을 적으면서 엘리엇 시의 특징을 음미해보자.

J. 알프렛 프루프록의 연가

자 그럼 우리 갑시다, 그대와 나,
저녁이 하늘을 배경으로 펼쳐져 있을 때에
마치 수술대 위에 에테르로 마취된 환자처럼;
우리 갑시다, 거의 반쯤 인적 끊긴 거리들을 지나서,
속삭이는 은신처들의
하룻밤 싸구려 일박 호텔의 편안치 않은 밤들
그리고 톱밥이 깔린 레스토랑의 굴 껍질들:
거리들은 마치 지루한 논쟁처럼 이어지는데

음흉한 의도를 갖으면서
그대를 압도적인 문제로 이끌어 갈 것임을...
오, 묻지 마오, "그것이 무엇이냐?"고
우리 갑시다, 방문이나 해봅시다.

The Love Song of J. Alfred Prufrock

Let us go then, you and I,
When the evening is spread out against the sky
Like a patient etherized upon a table:
Let us go, through certain half-deserted streets,
The muttering retreats
Of restless nights in one-night cheap hotels
And sawdust restaurants with oyster shells:
Streets that follow like a tedious argument
of insidious intent
To lead you to an overwhelming question...
Oh, do not ask, "What is it?"
Let us go and make our visit.

이 시에서 시의 특성은 논하되 시인의 개성을 유추할 필요는 없을 것이다. 엘리엇이 「프루프록」 이후 1919년에 발표한 「전통과 개인의 재능」을 참작해 보면, 창작 주체란 체험하는 소재를 작품으로 전환하는 매개 기능을 할 뿐이다. 작가는 유럽정신이라는 유기체에서 무수한 감정과 어구와 이미지를 얻어서 이로부터 새로운 합성물을 만드는 그릇이며, 작가의 개성은 작품 속에 정착하는 실체가 아니라 여러 인상과 경험을 특이한 방식으로 결합하는 단순한 매개체가 된다는 것이 엘리엇의 시론이다.

위 장면에서 저녁 하늘과 누워 있는 남자는 마치 의식과 무의식의 상태에 놓여 있는 것 같다. 그의 의식 속에 각인되어 있는 혐오스런 장소는 침침한 도시 뒷골목이다. 지저분한 음식점과 싸구려 여관들, 밤늦도록 뭔가 소곤거리는 말소리들, 그것들은 화자의 무의식 속에 "음흉한 의도"로 싫증나게 질질 끄는 논의처럼 이어지는 거리들로 인식되고 있다. 여기에서 "톱밥이 깔린 레스토랑의 굴 껍질들"이 있는 곳을 생각해보자. 이런 곳은 뭔가 고답적인 의식으로 "압도적인 문제"를 향해 가는 화자와는 어울리지 않는 일상적 풍경이다. 평소 이런 거리는 무의식중에 화자를 짜증나게 만드는 곳이다. 그의 의식과 무의식은 이 시의 시작부터 끝까지 교차하면서 이것도 저것도 아닌 결단하지 못하는 인물상을 그려낸다.

다음에 이어지는 화려한 여인들의 방을 이야기하는 화자의 의식도 싸구려 여관과 지저분한 식당에서 투덜대는 사람들의 모습을 본 것처럼 그가 안주할 수 없는 장소임은 마찬가지이다. 13행과 14행의 짧은 두 줄, "방안에서는 여인들이 왔다 갔다 미켈란젤로를 이야기하며"(In the room the women come and go / Talking of Michelangelo)의 구절은 뒤에 또 한 번 후렴처럼 반복되는 시구이다. 화자 프루프록은 외형에 관심 두는 여인들의 속성을 알고 있는 듯 그들의 대화와 거리를 두고, 흔히 이성적인 사람이 잘 갖는 방어적이며 냉소적 태도로 그들을 바라본다.

엘리엇이 말하는 '객관적 상관물' 시론을 상기시키는 장면은 '노란 안개와 고양이'가 나오는 시구들로, 이 시 가운데 매우 인상적인 부분으로 꼽힌다. 여기에 펼쳐지는 고양이의 여러 가지 모습의 동작들은 구체적이며 선명한 방법으로 엘리엇의 '객관적 상관물'이 되는 '안개'로 이미지화 되고 있다.

> 노란 안개는 등을 창유리에 비비고,
> 노란 연기도 그 입을 창유리에 비비며
> 그 혀로 저녁 구석구석을 핥았다가,
> 하수도에 괸 웅덩이에 머뭇거리고는,
> 굴뚝에서 떨어지는 검댕이를 제 등에 떨어트리고,
> 테라스를 살짝 빠져나가, 갑자기 껑충 뛰고서,
> 지금이 온화한 10월의 밤임을 알아차리고,
> 집 둘레를 한번 빙 돌고는, 잠이 들었다.

> The yellow fog that rubs its back upon the window-panes,
> The yellow smoke that rubs its muzzle on the window-panes
> Licked its tongue into the corners of the evening
> Lingered upon the pools that stand in drains,
> Let fall upon its back the soot that falls from chimneys,
> Slipped by the terrace, made a sudden leap,
> And seeing that it was a soft October night,
> Curled once about the house, and fell asleep.

위 구절의 중심 이미지는 저녁 안개의 모습이다. 거리를 휩싸고 있는 노란 안개가 소리 없이 퍼지고, 고양이의 동작은 이 정경의 '환유'로 오버랩 된다. 여기에서 투명하지 않은 노란색의 상징성이 강조되고 있다. 마치 마비된 환자처럼 무기력하고 몽롱한 현실세계이다. 사실적인 안개는 엘리엇의 어린 시절 세인트루이스에도 있었고 보스턴에도 있다. 그러나 이 시행들이 비교적 길게 형상화한 고양이의 모습은 전적으로 시적 은유이다. 유리창에 등과 코를 비비거나 거리 구석구석을 핥고 집을 한 바퀴 돌고는 잠들어 버리는, 느리고 교태스런 고양이의 동작은 오래도록 인상에 남는다.

프루프록이 걸어가면서 여인들을 만나는 일을 어렵게 생각하는 것은 그들이 자신을 바라보는 시선이 이러이러할 것이라고 미리 짐작하기 때문이다. 그래서 점점 소심해진다. 여인들은 방안에서 여전히 미켈란젤로를 반복 거론하지만 속으로는 프루프록의 모습에서 "머리카락이 가늘어진 것", 그리고 "팔다리가 가늘어진 것" 등을 알아볼 것이라고 그는 생각하는 것이다. 그가 한껏 허세를 부리고 차려 입은 모닝코트와 화려하고 괜찮은 넥타이에도 불구하고 상대방 여인들과의 정신적 교감은 이루어지지 않는다. 그는 억지로 다음과 같은 생각을 해본다.

내가 한번
우주를 뒤흔들어나 볼까?
한 순간에도 시간은 있다
한 순간이 역전의 결정과 수정의 시간이 되는

Do I dare
Disturb the universe?
In a minute there is time
For decisions and revisions which a minute will reverse.

여인들과의 만남을 결정하는 것이 화자에게는 우주를 흔들만큼 압도적인 문제인 것인가. 이제까지 우리가 보아온 프루프록의 자화상은 망설이며 행동하지 않는, 매우 소극적이며 자신감 잃은 소우주의 인물이다. 그런 그가 말한 '우주'라는 개념은 어떤 범위인가를 우리는 이 장면에서 주시할 필요가 있다. 프루프록 개인뿐 아니라 그가 속한 시대의 일반적인 우주관이 어떤 규모의 것인가를 이해하면 프루프록의 이 대사도 실은 거창한 것으로만 해석할 수 없는 것이다. 문어적 의미로는 천지를 뒤흔든다는 것이지만 현대의 우주에 대한 통념으로는 일반화된 과장어법에 불과하다. 잠시 우리는 다음 장면으로 넘어가기 전 현대적 세계관에 바탕을 둔 프루프록을 그려봐야 할 것 같다. 이는 시인 엘리엇의 시대와 그가 그리는 인물의 시대적 배경이 동일할 수도, 또는 아닐 수도 있기 때문에 짚어봐야 할 문제이다. 그럼 여기서 프루프록 시대가 그를 그린 엘리엇과 동일한 현대임을 설정하고 그의 우주관을 다음과 같은 학설의 일환으로 살펴보기로 한다.

런던대학 명예교수로 20세기 저명한 물리학자이며 철학적 사상가의 한사람인 데이비드 뵘David Bohm은 인류의 역사를 통해 인류가 갖는 일반적인 세계관의 변화를 서술하면서, 그 때마다 기본적인 시대정신은 개인뿐 아니라 사회 전반에 걸쳐 영향을 주었고, 또한 육체적인 면뿐만 아니라 정신적인 면, 그리고 윤리적으로도 영향을 주어왔다고 규정한다. 현대는 인간의 행동이 우주의 중요한 중심이라고 여겼던 희랍시대, 특히 아리스토텔레스적 견해와는 한참이나 떨어져 나온 것임을 뵘 교수는 시대별 상세한 고찰을 통해 기록하고 있다. 이제 현대에 사는 개개인이 우주의 질서를 지키기 위해 적절한 행동을 취하는 도덕적 책임이란 것을 갖고 있는가. 프루프록이 우주를 뒤흔들고 싶어 하면서도 여인을 만나러 가는 일에는 소심하기 짝이 없는 것은 과연 그만의 특별한 성격 탓일까. 비평가들의 시각이 프루프록을 통상에서 벗어난 유별난 인물로 오랫동안 거의 획일적으로 선정한 것에 대해 어느 부분 나의 관점으로는 의문을 갖고 있었다. 그럼 이쯤 하여 뷈 교수의 일목요연한 현대인의 우주관을 일부나마 적어보기로 한다.

　　이제 이와는 반대로, 지구에 대한 현대적 견해는 단지 물질적 본체들—별들과 은하들 그리고 그와 같은 것—이 광대한 우주 안에서 단지 한 줌의 흙에 불과한 것이고, 이것들은 또한 원자들, 분자들, 그리고 그것들이 구축하는 조직 체계로서 마치 우주적 조직의 부분처럼 되어 있다. 이 조직체계는 분명하게 어떤 의미를 갖고 하나의 전체를 구성하지 않는다. 적어도 이제 규명할 만큼은 되어 있지 않은 것이다. 이 체계의 기본적인 질서는 독립적으로 존재하는 전체 속의 부분들이고, 그것들이 서로 발휘하는 힘들을 통해 맹목적으로 서로 영향을 주고 있는 것이다.

　　이러한 우주관으로 보면 인간은 근본적으로 무의미한 존재이다. 그가 의미 있는 행동을 하는 것은 그의 눈으로 보는 의미이며, 우주는 개인이 갖고 있는 도덕적, 심미적 가치들로 볼 뿐인 것이다. 나아가 궁극적으로 그의 운명과는 무관한 것이다. 뷈 교수는 어쩌면 인간은 유기적 조직 사회의 일원이라는 견해를 갖고 있을 때가 훨씬 편안하다고 본다. 현대에 이르러 불안하고 자기중심적 사고에 매몰된 인간형이 프루프록이다. 현대에 와서 언어 역시 생각의 소통과 교류가 되지 못하고 단지 기호이거나, 또는 의미 희박한 기호에 불과한 것이다. 단어 의미의 중요성도 단지 순간적인 의도에서 발설하는 것이라면 결국 전체적인 맥락에서 문장이나 구절을 이해할 수밖에 없다.

프루프록이 점점 목적의식이 와해되고 바닷물에 빠지듯 하는 것도 다음의 간단한 설명으로 이해가 된다. 요점은 그는 그의 의도에 따라 행동한다는 것이며 지각, 대상이 들어오면 내면의 신호와 의미 있는 내면의 활동이 명확하지 않은 채 연장되는 일이 발생한다. 그리하여 점점 더 감각이 예민한 단계에 깊이 빠져들게 된다.

어떤 일이 진행되는 것은 어떤 외부 신체적인 표현과는 전혀 부합되지 않는 정신적인 면의 경험이다. 프루프록의 작금의 희미한 행동과 독백도 정신적인 경험에 속한 것이기에 앞서 우주(천지)를 뒤흔들어 보겠다는 것도 그의 정신적 행동에 불과하다 하겠다. 주인공이 자기의 일생을 "커피 스푼으로 재면서 왔다"(measured out my life with coffee spoons)고 하는 것은, 이 시에서 또 하나의 유명한 구절이다.

프루프록이 보는 여인들의 신체적 특징도 재미있는 부분이기에 여기에 적어본다.

나는 이미 그 팔들을 알고 있다. 그것을 모두 알고 있다
팔찌를 낀 허옇게 드러난 팔들을
(그렇지만 램프 아래서 보면, 엷은 갈색 솜털로 덮인!)
내가 이처럼 제 정신을 가다듬을 수 없는 것은
옷에서 풍기는 향수냄새 때문인가.
테이블에 놓인 팔, 숄을 휘감은 팔,
　　그러면 한번 해 볼까.
　　그러나 어떻게 말을 꺼낼 것인가.

And I have known the arms already,

    known them all —

Arms that are braceleted and white and bare

(But in the lamplight, downed with light brown hair!)

Is it perfume from a dress

That makes me so digress?

Arms that lie along a table, or wrap about a shawl.

    And should I then presume?

    And how I should I begin?

이 장면에서 화자가 여인들을 가까이 관찰하듯 한 묘사는 그의 결벽증적 시각에서 약간 혐오스런 이미지로 묘사되고 있다. 예로, 프로이드의 강박신경증 환자는 특히 청결에 대한 강박관념이 있는 사람들을 뜻한다. 프루프록의 의식이 관찰하는 여인들의 솜털 있는 팔, 향수 냄새의 역겨움 등 신체적 묘사는 청아한 모습이 아닌 그로테스크한 모습이다. 이제 프루프록은 여인들을 향하기는커녕 인간임을 포기하듯 바다 밑을 옆으로 기어가는 게의 모습이 된다. 허둥대며 건너는 한 쌍의 텁수룩한 집게발, 똑바로 걷지 못하는 비정상적인 프루프록의 걸음걸이는 복잡한 그의 의식과 무관한 자연으로 도망간다. 끝으로 가면서 주인공은 패배의 기색이 완연해진다. 인어들의 노래를 들으며 바다 속으로 들어가 아름다운 해초와 함께 있는 장면은 환상적이라고 할 수 있다.

나는 보았다 인어들이 파도를 타고 바다 쪽으로 가며

뒤로 젖혀진 파도의 하얀 머리카락을 빗는 모습을

바람이 바닷물을 희고 검게 불 때에.

우리는 바다의 방에 머물렀었다
적갈색 해초로 휘감은 바다처녀들 곁에,
이윽고 인간의 목소리에 잠이 깨고는 물에 빠져든다.

I have seen them riding seaward on the waves
Combing the white hair of the waves blown back
When the wind blows the water white and black.

We have lingered in the chambers of the sea
By sea-girls wreathed with seaweed red and brown
Till human voices wake us, and we drown.

　　도시와는 다른 바다 풍경과 바닷물 소리, 적갈색 해초가 춤추듯 나
부끼는 관경, 이 모든 색조의 조화 속에서 처녀들이 머리 빗는 모습은 이
시에서 엘리엇이 가장 아름답게 그린 장면이다. 바다의 처녀들은 도시문
화에 오염되지 않았고, 이전에 방 안에서 오만하게 왔다 갔다 한 냉소적
인 여인들과는 다르다. 남성에게 두려움마저 주는 도시의 여인상과는 전
혀 다른 자연의 모습이다. 비록 프러포즈도 못해 보고 바다로 피신한 주
인공이지만 전적으로 그는 그리 비참하지는 않다. 현대사회에서 점점 의
기소침해진 다수의 프루프록형이 있지 않은가. 무엇이 그를 바다로 피신
하여 익사하게 만드는 것인가를 이 시의 끝부분에서 새삼 생각하게 된다.
　　프루프록이 잠시 머물렀던 바다가 그에게는 안식처이다. 곧 죽게

될 운명이라 해도 현대도시의 인간이라면 그런 곳으로 도피하고 싶은 꿈을 꾸는지도 모른다. 그는 오히려 통상적인 것을 거부하는 현대인의 유형일 수 있지 않을까.

아치볼트 매클리시
Archibald MacLeish
| 1892–1982

시는 의미하는 것이 아니라, 존재해야 하는 것

—— Archibald MacLeish

　　매클리시가 그의 「시론」("Ars Poetica")에서 밝힌 "시는 의미하는 것이 아니라, 존재해야 하는 것"이라는 유명한 말은 20세기 영미 시단의 신비평 이론의 중추를 이루었다. 그는 시가 "둥근 과일처럼" 묵묵히 만져지는 것이라고 했다. 여기서 잠깐 T. S. 엘리엇이 말한 '객관적 상관물' 이론을 떠올리게 된다. 엘리엇은 시인의 심리상태를 전달하기 위해서는 이에 상응하는 '객관적 상관물'을 제시해야 한다고 했다. 그것에 해당되는 어떤 구체적 사건이나 상황을 진술하는 것이 아니라 이미지로 보여준다는 것이다. 매클리시가 "시는 사실이 아니라 동등해야 한다"고 말한 것도 주관적인 심리상태를 객관적 물상과 같은 등가물로 보여주는 것이라고 할 수 있다.

그렇다고 매클리시의 시가 다른 어떤 시에서나 마찬가지로 그 의미를 알아낼 수 없는 것은 아니다. 시의 의미성을 전적으로 부정하는 것은 아니며, 의미는 시의 전체 구조 속에 녹아 존재해야 한다는 주장이다. 시는 산문적 의미와 함께 독자에게 지성과 감성에 똑같이 호소하는 특성이 있다. 따라서 매클리시의 시도 의미와 구조, 그리고 리듬에 이르는 전체를 포함하고 있다고 하겠다.

20세기 예술가들이 당시 공통적으로 당면하고 있었던 문제는 전통성의 유지와 새로운 형식으로 독자들에게 다가가야 한다는 열망 사이에서 어떤 해법 같은 것을 찾는 일이었다. 위대한 시인들은 대개 이 두 가지 면을 통합하여 해결하고자 자신들의 사상을 크게 피력했던 것이다. 매클리시의 "시는 의미하는 것이 아니라, 존재하는 것"이라는 천명도 시의 의미를 소홀히 다루었다고만 볼 수는 없다. 시대적 흐름에서 살펴볼 때 시가 대중적 취향만을 생각하여 시의 생명인 기법의 문제를 소홀히 할 수 없다는 비중이 컸던 것이다. 그의 시론은 오랫동안 많은 시인들에게 하나의 해법처럼 중시되었다. 매클리시 자신의 지적활동이 당시 사회에서 폭넓게 인정되고 존경을 받고 있었기 때문일 것이다.

매클리시는 시카고 근교 글렌코에서 태어났다. 그는 줄곧 정규 교육을 받았고, 1915년 예일대학을 졸업했다. 그리고 하버드 법대를 다니면서 두 권의 시집을 낼 만큼 문학에 대한 열정이 식지 않았다. 그는 결혼을 하고도 1917년 사병으로 군대에 입대하여 프랑스에서 근무했으며, 제대할 때는 계급이 포병 대위까지 진급해 있었다. 그 후 보스턴에서 3년간 법률사무소를 연 적도 있지만 문학에 대한 열정이 고조되었던 1923년에는 가족과 함께 파리에 정착하여 집필에 들어갔다. 그의 초기 시에 반영된 분야는 주로 엘리자베스 시대 시인들, 프랑스 상징주의 시인들, 그리고 파운드와 엘리엇이었다. 그 후 곧 그 자신의 위치를 구축하여 다양한 분야에 대한 집필 활동을 해나갔다.

매클리시의 활동범위는 짧게 적어 봐도, 시인이며 극작가였고, 문학정보학자이며 정치고문이었다. 때문에 그가 시의 기법에 집착한 글을 써도 일반 독자들의 비난을 사지 않았다고 한다. 그는 자신의 폭넓은 활동에서 관대한 인간정신을 보여준 시인이다. 미국적 민주주의의 가치를 긍정적으로 옹호하고 인간 생활을 낙관적으로 바라보았다. 이러한 긍정적인 시각은 평범한 일반인의 생활에도 관심을 두었고, 그는 사회질서에 대한 교육의 중요성을 말하곤 했다. 질서를 존중하는 예술가들은 인간 생활에서도 진실성을 추구한다는 것이다. 그는 모더니즘을 창안한 현대문학의 대가이면서 일반 사회생활에 대해 관심을 두고 예술과 생활의 융화를 생각했다. 이러한 낙관적인 시각은 당시의 모더니즘 예술가들과는 남다른 모습을 보인다. 자아도취적이며 부조리한 탐미주의적 사고에서 벗어나, 예술 활동을 하려면 인문주의 사상의 교육을 통해야 한다는 것이 그의 지론이다. 매클리시를 그 시대의 풍향계weathercock처럼 생각한 사람들은 앞서 지적했던 시대적 명제인 시의 기법과 일반 독자와의 관계를 잘 조절한 그를 높이 평가한 것이리라.

이제 그의 시론이 명기된 시를 먼저 선택하여 그의 생각을 살펴보자.

시론

시는 만져지고 묵묵해야 한다
마치 둥근 과일처럼

소리 없이
엄지에 닿는 옛 메달처럼

마치 이끼 자라난 소매에 닳은
창문 선반의 돌처럼 조용해야 한다—

시는 말이 없어야 한다
마치 새들의 비상처럼,

시간 속에 움직임이 없어야 한다
마치 달이 떠오르듯이

그대로 두면서, 마치 달이 풀어놓듯이
밤중에 얽힌 나무 가지 하나하나씩

그대로 두면서, 마치 겨울 잎새 뒤에 있는 달이
마음의 기억을 하나하나 풀어놓듯이—

시는 시간 속에 움직임이 없어야 한다
마치 달이 떠오르듯이—

시는 동등해야 한다:
사실이 아닌 것에.

모든 슬픔의 역사를 위해서는

텅 빈 문간과 단풍잎 하나를.

사랑을 위해서는
기울어진 풀들과 바다 위에 뜬 두 불빛을—

시는 의미할 것이 아니라
존재해야 한다.

Ars Poetica .

A poem should be palpable and mute
As a globed fruit,

Dumb
As old medallions to the thumb,

Silent as the sleeve-worn stone
Of casement ledges where the moss has grown—

A poem should be wordless
As the flight of birds.

A poem should be motionless in time
As the moon climbs,

Leaving as the moon releases
Twig by twig the night-entangled trees,

Leaving, as the moon behind the winter leaves,
Memory by memory the mind—

A poem should be motionless in time
As the moon climbs,

A poem should be equal to:
Not true.

For all the history of grief
An empty doorway and a maple leaf.

For love
The leaning grasses and two lights above the sea—

A poem should not mean
But be.

첫 시행에 나오는 시의 특성은 과일이 어떤 종류인가 또는 어떻게 생겼는가의 설명이 아니다. 우리가 묵묵히 만지는 것, 그 실체의 의미도, 이미지도 시라는 구조 속에 녹아 있어야 하는 것으로 풀이된다. 시어 하나하나 설명 같은 말이 없어야 한다는 것을 "옛 메달", "창문 선반의 돌", "새들의 비상"으로 비교한다. 새가 날아갈 때는 동작은 있으나 아무 말도 없는 것이다. "시간 속에 움직임이 없어야 한다"(motionless in time)는 것은 시가 과거, 현재, 미래를 모두 포함시키는 '무시간'無時間임을 말한다.

이 시의 달도 시간 속에 움직임이 없는 듯 조용히 떠오르지만 차츰 밝아지면서 어둠 속에 있던 나뭇가지들의 윤곽이 하나씩 선명해지는 것이다. 매클리시는 비극의 역사도 시에서는 긴 설명이 필요하지 않다는 것, 단지 "텅 빈 문간과 단풍 잎" 하나의 이미지로도 충분히 설명된다고 말한다. 그래서 시는 추상적인 의미전달이 아니라 '실존'이라는 것이다.

다음 또 다른 그의 시를 읽어보자.

그대, 앤드류 마블에게

여기 태양 아래 얼굴을 숙이고
여기 대지의 정오 높이에서
늘 다가오는
늘 일어나는 밤을 느끼기 위해서

곡선을 이룬 동녘으로부터 기어오르는
땅거미의 냉기와 그리고 천천히
땅 아래 저편에 있는 이들 위에 그 광대하고
한결같이 올라가는 그림자의 크기

그리고 기이하게도 엑바탄에서는 나무들이
한 잎 한 잎 기이한 저녁을 맞아들이고

무릎까지 차오른 밀물 같은 어둠 속에
페르시아의 산맥들은 모습을 바꾼다

이제 카만샤에는 문은
어둡고 텅 비어 있으며 시든 풀잎이 있고
황혼 사이로 이제사 늦게
나그네 몇이 서쪽을 향해 지나가고 있다

바그다드는 어두워졌고 그리고 다리는
조용한 강 너머로 사라졌다
아라비아에는 어둠의 가장자리가
넓어지고 퍼져 간다

팔미라의 거리에는 황폐한 돌에
바퀴 자국이 깊게 파이고
레바논은 스러지고 크레테도
구름 사이로 드높이 흩날려 버렸다

시실리의 대기 위에서는
육지를 향한 갈매기들이 아직도 번쩍이고
보트의 노의 자루도 천천히 사라지고
그림자 같은 선체 위로 천천히 지나간다

스페인은 아래로 내려가고

아치볼트 매클리시   197

아프리카의 해변은 금빛 모래
그리고는 저녁이면 사라지고 더 이상
그 땅에는 낮고 창백한 빛은 없다

또한 이제는 바다 위에 긴 햇빛도 없다

여기 햇빛 속에 얼굴을 숙이고
얼마나 빠른가, 얼마나 살며시
다가오는 밤의 그림자를 느낀다...

You, Andrew Marvell

And here face down beneath the sun
And here upon earth's noonward height
To feel the always coming on
The always rising of the night:

To feel creep up the curving east
The earthy chill of dusk and slow
Upon those under lands the vast
And ever climbing shadow grow

And strange of Ecbatan the trees
Take leaf by leaf the evening strange
The flooding dark about their knees

The mountains over Persia change

And now at Kermanshah the gate
Dark empty and the withered grass
And through the twilight now the late
Few travelers in the westward pass

And Baghdad darken and the bridge
Across the silent river gone
And through Arabia the edge
of evening widen and steal on

And deepen on Palmyra's street
The wheel rut in the ruined stone
And Lebanon fade out and Crete
High through the clouds and overblown

And over Sicily the air
Still flashing with the landward gulls
And loom and slowly disappear
The sails above the shadowy hulls

And Spain go under and the shore
Of Africa the gilded sand

And evening vanish and no more
The low pale light across that land

Nor now the long light on the sea:

And here face downward in the sun
To feel how swift how secretly
The shadow of the night comes on...

이 시의 제목으로 나온 앤드류 마벨Andrew Marvell은 17세기 영국 문단에서 한때 유명했던 형이상학파 시인들 중 대표적인 인물이다. 그의 시 「그의 수줍은 처녀에게」("To His Coy Mistress")에서 시인은 밤의 그림자가 지구 위로 점차 가까이 오는 것을 느낄 수 있다고 노래한다. 매클리시가 그의 시에서 적고 있는 것도 한낮에 땅에 얼굴을 대고 어둠의 그림자가 이란과 중동으로부터 서서히 이동해 오면서 지중해 연안을 거쳐 시인이 있는 미국 땅에 다다르는 것을 듣게 된다는 것이다.

이 시에는 중동의 오래된 도시의 이름들이 등장한다. '엑바탄'은 북부 이란의 메디아Media의 고도이며 지금의 하마단Hamadan이다. '카만샤'는 이란 동남부에 있는 주의 수도이고, 요즘 들어 많이 알려진 이라크의 수도 '바그다드', 그리고 '팔미라'는 이 글을 쓰고 있는 중에도 세계 뉴스의 톱을 차지하고 있는 극심한 내란 상태의 시리아 옛 도읍이다. 그 서쪽 지중해 연안에 있는 나라, 레바논도 20세기에 들어 한때 아름다웠던 도시가 전운에 휩싸였고, 더 서쪽으로 가면 옛날 미노아 문명이 번성하던 크레테 섬이 있다. 이렇게 나열해 보면 매클리시의 시는 어떤 구체적인 역사의 비극을 적지 않아도 점점 아라비아에 퍼져가는 어둠의 그림자를 앤드류 마벨의 시가 그랬던 것처럼 느끼게 한다. 그는 비극적 역사도 텅 빈 문과 하나의 시든 잎사귀로 표현하면 족하다고 했다. 이 시를 통해 우리는 역사의 흐름이 과거, 현재, 미래의 구별 없이 어디론가 흘러가는 느낌을 받는다. 그의 감성은 이미 그 자신의 생애 앞으로 벌어질 21세기의 요동치는 중동 지역 역사의 변동을 감지하고 있었던 것일까. 한 시대의 특출한 시인들의 예지란 남다른 것이다.

E. E. 커밍스
Edward Estlin Cummings
| 1894-1962

시의 시각적 효과를 극대화한 모더니스트

—— Edward Estlin Cummings

커밍스는 시인이면서 화가였다. 그의 시 형식은 출발부터 독특했다. 문장 초두에 대문자를 전혀 쓰지 않고 소문자로 연결시키면서 시의 전체적 이미지를 중요시했다. 어휘의 임의적인 분열, 구두점을 무시하고 이어 가는 독특한 시형을 만들었다. 시행간의 불규칙적인 간격은 시형의 외적인 형상미를 나타낸다. 그의 이러한 시 형식은 크게 낭송되는 음악성보다는 우선 그의 시를 대할 때 시각성이 독자들에게 어떻게 전달되는가가 더 중요하다.

이 글을 시작하면서도 먼저 걱정되는 것은 어떻게 그의 시를 원문과 똑같이 옮겨 쓰는가 하는 일이다. 커밍스는 단어의 활자를 마음대로 분리시키기도 하고 또 단어를 연결 표기하는 등 전통적인 문법체계를 혼란시키고 표기법의 변혁을 통하여 시각적 효과를 극대화하고자 했기 때문이다. 이러한 시어들이나 시행을 매우 주의해서 그대로 그림 그리듯 따라가지 않는가. 도시인이면서도 그의 시에서는 풍경이 있는 그림에서처럼 은은한 음악이 스며있는 것 같은 낭만적 배경도 느끼게 한다. 자칫 원문과 달라질 수 있기 때문에 여간 조심스러운 작업이 아닌 것이다.

그의 형식적 시도에서 볼 수 있는 또 다른 특징은 동의어, 반대어, 유사음 등을 대조시키는 데서 오는 패러독스, 아이러니 효과를 극대화한 점이다. 하지만 이러한 파격적인 형식과는 달리 커밍스 시의 내용은 전통적인 발상을 벗어나지 않는다. 그리고 그는 모더니스트 시인이면서 권위에 대한 회의론자였고 초절주의적 분위기도 지닌 시인이었다.

그는 하버드와 근접한 거리에 자리하고 있는 꽤 큰 집에 살았다. 나는 좀 오래전이지만 다른 사람이 산다는 그의 집을 찾아간 적이 있다. 안에는 들여다 보지 못했으나 한 바퀴 돌면서 사진도 찍고 하였다. 아직도 약간 고색을 간직한 큰 규모의 집이다. 정원도 넓었다. 나는 풍족하게 산 지적이며 감상적인 시인의 모습을 그려보았다. 집 안에서 시를 쓰고 그림도 그렸을 그 집이 주인공과 매우 어울린다는 생각을 한 것이다. 내친 김에 하버드 도서관 고문서보관소에 가서 그의 자필원고와 사진을 관람하기를 신청하였다. 흰 장갑을 끼고 큰 상자를 들고 나오는 엄숙한 직원의 태도를 보면서 내 자신이 마치 생존해 있는 커밍스를 접견하는 것처럼 긴장했었다.

그의 원고는 앞서 말한 시의 시각적 이미지를 중시한 흔적이 너무나 역력했다. 시어를 고치고 행을 바꾸고 하면서도 그림처럼 글씨가 예뻤다. 커밍스의 어떤 원고지는 악보 같기도 했다. 시어 대신 부호나 기호를 넣었다. 컴퓨터도 없던 시대에 어떻게 배음을 깔고 디자인하듯 공들여 시각적으로 음악이 흐르는 것처럼 그려 놓았을까. 나는 그의 용모도 시인이라기보다는 그냥 독특한 예술가라는 느낌을 받았다. 그의 사진도 꽤 많이 남아 있었다. 나는 그와 함께 나란히 찍은 큼직하고 잘 생긴 개도 포즈를 잡고 나를 보고 있는 것 같아 그 사진과 다른 몇 장의 복사를 부탁하였다. 그리고 도서관을 나와서는 커밍스에 대한 인상이 뚜렷이 남아 있는 동안 곧바로 서점에 가서 그에 관한 책을 몇 권 샀다.

그의 얼굴 사진을 본 후, 그의 장난기 있는 문체 문법을 무시하고 괄호를 붙이면서 단어의 도치를 시도한 작시법, 이전에는 볼 수 없었던 그림 모양으로 배열한 시형 등은 오늘날에도 새롭다고 할 만큼 특이했으니 당시로서는 비난 또한 있음직하다고 생각했다. 그럼 그의 시를 읽기 전에 그의 시 형식의 한 예를 짤막하게 소개해본다.

(한   One

송   t
이   hi
의   s

눈이   snowflake

(내   (a
리   li
고   ght
있   in
다)   g)

어느 사람의 is upon a gra

비   v
석   es
위   t

로)   one (73 Poems 61)

　위에 적은 것은 시의 일부분에 지나지 않는다. 어떤 사람의 묘지 비석에 한 송이 흰 눈이 내리고 있다는 깨끗한 명상시의 한 구절 같다. 시인은 어느 비석 위에 눈이 내리는 모습을 시각적인 그림으로, 어딘가 가까이에서 그 광경을 지켜보고 있는 시선을 독자로 하여금 느끼게 한다. 비석은 서 있고 눈은 우리가 보듯이 약간 곡선으로 천천히 내리고 있는 것이다. 마치 빛이 부드럽게 조명되어 굴절되고 있는 형상미를 보게 된다. 이렇듯 활자 대신 내용을 이미지화하면 한 폭의 그림이 아닐까. 이러한 시의 회화성 표현기교는 외형적인 시형 자체에만 국한된 것이 아니라 시인 자신의 시상과도 밀접한 관계를 갖는다. 시인 내면의 사색을 엿볼 수 있기 때문이다. 또한 그의 애정시에서도 독자는 감미로움뿐 아니라 심오한 생각을 알게 된다. 그럼 다음의 시 「애인과 함께 땅 끝에 서보아라」("Stand with your lover on the ending earth")를 읽으면서 커밍스의 시 세계에 좀 더 가까이 다가가 보자.

애인과 함께 땅 끝에 서보아라

애인과 함께 땅 끝에 서보아라—
(앞에서면 그보다 더 큰 자가 있을까) 싶은
바다가 초록 눈을 던지는 동안

애인이여, 사랑할 수 없다고 생각해 보라. 우리가

이 눈먼 모래알처럼 (혹은 그저 꿈만 꾸는 수천의 가슴처럼
혹은 잠든 채 움직이는 수만의 마음처럼) 살아 있지도
죽은 것도 아니라 다만 무자비하게

시간 시간 시간 시간에 얽매였다고 생각해 보라

—얼마나 다행인가 무시간의 고향을 둔
그대와 나, 영원한 현재의 향기 있는
산으로부터 내려온 우리는

하루 (혹은 더 짧게라도) 출생과
죽음이라는 신비 속을 뛰놀게 되었으니

Stand with your lover on the ending earth

stand with your lover on the ending earth—

and while a(huge which by which huger than

huge)whoing sea leaps to greenly hurl snow

suppose we could not love,dear;imagine

ourselves like living neither nor dead these
(or many thousand hearts which don't and dream
or many million minds which sleep and move)
blind sands,at pitiless the mercy of

time time time time time

—how fortunate are you and i,whose home
is timelessness:we who have wandered down
from fragrant mountains of eternal now

to frolic in such mysteries as birth
and death a day(or maybe even less)

　　대부분의 커밍스 시가 그렇듯이 이 시에도 대문자가 없다. 시각적
효과를 생각하면서 읽어야 한다. 시인은 땅 끝으로 가서 애인과 함께 서
서 세상을 바라보고 있는 장면으로 우리를 이끈다. 그들과 같은 세상 사
람들과는 지리적으로, 심리적으로 당연히 격리된 비세속적인 모습이다.
그래서 시인은 그들을 영원한 현재의 향기가 있는 산으로부터 방금 내려
와 하루일지라도 무시간 속에서, 출생과 죽음이라는 신비감 속에서 아름

답게 뛰어놀 수 있게 만든다. 이들과 대비되는 다른 사람들은 시인이 말하는 수많은 속물들, 마치 눈먼 모래알이나 그저 꿈만 꾸면서 시간에만 얽매여 사는 군상들이다.

그러니 이들 연인들처럼 무시간의 영원성을 경험할 리가 없다. 커밍스는 이 시에서 시간이라는 단어를 구두점 없는 간격으로 연속적으로 "time time time time"으로 표현하면서 무료하게 반복되는 시간의 흐름을 느끼게 만들었다.

그럼 다음의 「천진무구한 노래」("Chanson Innocent")를 읽어보자.

천진무구한 노래

때는 지금 막―
봄 세상은 진흙과
감미로운 향기의 계절 키작은
절름발이 풍선 장수가

멀리서 삐이 호각 불면

에디와빌이 온다
공기놀이와
해적놀이 하다가 뛰어온다 때는
봄

세상은 물웅덩이 천지의 멋진 계절

우습게 생긴
풍선 장수 할아버지가
멀리서 삐이 하면
베티와이사벨이 춤추며 뛰어온다

돌차기 줄넘기 하다가

때는
봄
그리고
저

염소다리

생선장수는 호각을 분다
멀리서
삐이
하고

Chanson Innocent

in Just—

spring   when the world is mud.
luscious the little
lame baloonman

whistles   far   and wee

and eddieandbill come
running from marbles and
piracies and it's
spring

when the world is puddles-wonderful

the queer
old baloonman whistles
far   and   wee
and bettyandisbel come dancing

from hop-scotch and jump-rope and

it's
spring
and
   the

     goat-footed

baloonMan   whistles

far

and

wee

이 시는 제목이 말하듯 천진난만한 아이들의 노래이다. 그들의 해맑은 모습들이 봄기운을 타고 집밖으로 뛰어나오는 광경을 율동적으로 표현하고 있다. 시행의 흐름에서 커밍스는 여기에서도 단어의 철자를 조작하여 신조어를 만들기도 하고 구두점도 마치 호흡을 중시하듯 임의로 처리하고 있다. 마찬가지로 대문자, 소문자의 구별이 없다. 예상했던 대로 우리가 익숙하게 아는 단어를 커밍스식으로 옮겨 쓰려니 실은 세심한 주의가 필요했다. 그렇게 다 써 보고 나니 시인의 의도를 이해하게 되고 이러한 시 형식이 한국시에도 어울리겠다는 생각도 들었다.

봄기운에 눈이 녹기 시작하면 땅은 진흙탕이 되는데도 어린이들은 아랑곳없다. 그들은 준비하고 있었던 것처럼 나와서는 돌차기 해적놀이를 시작하고 줄넘기도 한다. 그런 가운데 풍선장수balloonman가 멀리서 삐이하고 호각을 불면 우루루 몰려간다. 이 시에서 풍선장수의 모습은 특이하다. 키 작은 난쟁이 절름발이 풍선장수라고 했고 또 염소다리 풍선장수가 멀리서 삐이하고 호각을 분다고 했다. 풍선장수는 아마도 작년에도, 그 전에도 아이들을 위해 봄이 되자마자 풍선을 갖고 와서는 삐이하고 정답게 피리를 불었던 것처럼 느껴진다. 순진한 아이들의 친구. 그는 어른 세계에서는 장애인의 모습일지 모르나 아이들에게는 그런 구별이 전혀 없는 반가운 친구 같은 존재일 것이다. 나이를 뛰어넘어 서로가 봄이면 만날 것을 고대하는 정다운 인간관계가 아닌가. 이 시도 형식은 극히 현대적이지만 내용은 생동감 있는 봄의 풍경을 재미있게 그린 미국의 풍속화 같다는 생각이 든다.

　　1962년 9월 14일자 ≪타임≫지는 커밍스가 이 세상을 떠난 것을
애도하는 글들을 실었다. 그 중 테이트Allen Tate는 커밍스를 일컬어 자기
세대에서 그보다 더 우수한 사람은 없었다고 했다. 또한 맥리쉬Archibald
MacLeish는 시인이라는 말을 들을만한 가치 있는 사람은 극소수이며, 커밍
스는 그들 중의 한사람이라고 극찬했다. 끝으로 또 하나의 시, 이미지를
통해 영화의 한 장면을 보는 것 같은 「봄은 은밀한 손과 같다」("Spring is
like a perhaps hand")를 읽어보자.

봄은 은밀한 손과 같다

봄은 은밀한 손과 같다
(어디에선지
조심스럽게 내밀어) 창을
만들고 사람들을 들여다보게 한다
(사람들이 보는 동안
정돈하고 그리고 바꾸고 놓고
조심스럽게 거기에는 이상한
물건을 그리고 예사로운 것은 여기에) 그리고는

모든 것을 조심스럽게 바꾼다
봄은 아마도
창가의 어떤 손과 같다
(조심스럽게 이리저리 새 것과
헌 것들을 옮겨 놓는다. 사람들이

보는 동안 약간의 꽃을

여기로 옮겨놓고
저기에는 공기 조금 들여놓는다) 그렇지만

아무것도 깨트리지 않는다.

Spring is like a perhaps hand

Spring is like a perhaps hand
(which comes carefully
out of Nowhere)arranging
a window, into which people look(while
people stare
arranging and changing placing
carefully there a strange
thing and a known thing here)and

changing everything carefully

spring is like a perhaps
Hand in a window
(carefully to
and fro moving New and
Old things,while

people stare carefully

moving a perhaps

fraction of flower here placing

an inch of air there)and

without breaking anything.

위의 시에서 느낄 수 있는 것은 인간이 만들 수 없는 자연의 변화
이다. 봄이 창가에 다가오고 집안에 있는 장식품이 여기저기 옮겨지는 장
면을, 마치 누군가가 창안을 들여다보는 것 같다. 어떤 손길이 있어 조심
스럽게 아무 것도 깨트리지 않고 조용히 방안을 바꿔 놓는다. 봄꽃도 지
난 물건도 새 물건으로 바뀌고. 그러나 여기서 그렇게 하는 손길이 딱히
그 집안의 주인인지는 지목하지 않는다. 어디에선가 와서 베풀어지는 자
연과 우리 삶의 연관성이다. 평범한 일상의 세계가 밖에서 조용히 다가온
은총의 손길 같은 봄의 향기에 천천히 녹아 움직이는 방안 모습이다. 앞
서 읽은 「애인과 함께 땅 끝에 서보아라」에서 연인들이 무시간의 시간 속
에 초절적인 세계와 일체감을 느낀 것처럼 이 시도 현실의 평범하고 무의
미하게 반복될 수 있는 계절의 변화를 구체적으로 방안으로 끌어들임으
로써 현실과 계절의 순환과 일체감을 주고 있는 것이다.

필립 라킨
Philip Larkin
| 1922-1985

모더니즘의 엘리트주의 반대 운동에 참여,
1960년대 이후 예리한 언어감각으로 다룬 일상적 경험

——— *Philip Larkin*

필립 라킨은 1950년대 영시 흐름의 소장파 시인들이 활동한 '무브먼트'시류파운동, The movement 지도적 인물의 한 사람이다. 시류파의 대표는 로버트 콘퀘스트R. Conquest였고, 그들은 가깝게는 전시대 40년대의 딜런 토마스류의 과도하게 조작된 수사적 시행에 반발했다. 더 올라가서는 엘리엇이나 파운드처럼 거창한 주제로 시를 쓰는 것에 반대한 사람들이다. 일상적인 언어와 일상에서 경험하고 생각하는 것이 대개 그들의 주제였다. 라킨은 이들 '시류파' 중 가장 우수한 시인으로 인정받았다.

라킨이 좋아하는 시인은 토마스 하디였다. 라킨의 시에서도 하디처럼 가라앉은 어조의 엄숙함이 있지만, 하디보다는 보다 유연하고 부드럽다. 하디 시의 염세적인 면도 라킨 시에서는 어느 부분 독자를 편안하게 만든다. 해학적이며 지혜로운 어조로 그의 생각을 논하기 때문일 것이다. 그의 시에서도 고독과 늙음, 그리고 죽음에 대한 기술은 많이 있지만 부정적인 것만은 아니다. 차근차근 논리적 언어로 독자를 설득시키듯 이끌기에 그의 시에서는 자연스럽게 긍정적인 면으로 전환될 때가 많다. 이는 그가 사용하는 시어의 단순성과 명료함 덕분이다. 그는 신비적인 분위기의 시를 쓸 때도 마치 경험한 것을 쓰는 듯한 태도여서 현대의 철학자처럼 시를 쓴다는 평을 받았다.

라킨은 영국 공업도시 코벤트리에서 출생, 옥스퍼드대학 졸업 후에는 도서관 사서가 되었다. 라킨의 작품 수는 많지는 않다. 네 권의 시집과 담화선집인 『옥스퍼드판 20세기 영국시』(*The Oxford Book of Twentieth Century English Verse*)가 있다. 그는 30년 동안이나 북동부 지방의 헐Hull 대학 도서관에서 근무했으니 영국 시의 전통이 어떤 것인지 충분히 숙지하고 있었을 것이다. 그는 하디처럼 소설도 썼다. 『질』(*Jill*, 1946)과 『겨울 소녀』(*A Girl in Winter*, 1947), 이렇게 두 권의 소설이다. 그의 시에서 구사하는 직설적 언어는 그가 소설을 썼다는 것을 상기시킨다.

그럼 라킨의 비교적 짧은 시부터 읽어 보기로 한다. 「나무」는 그의 소설보다 무려 30년 후인 1947년에 쓴 시이다.

나무

나무는 잎이 돋아난다
마치 그리 말해진 것처럼 거의,
새싹들은 쉬면서 퍼져 가는데
그 푸르름은 일종의 슬픔 같은 것.

그건 그들이 다시 태어나서인가
그리고 우리는 늙어 가기 때문일까? 아니 그들도 죽는 것이다.
매년 새롭게 보이는 그들의 속임수는
나이테에 쓰이고 있다.

하지만 여전히 쉬지 않고 만발한 나무들은
매번 5월이 되면 무성하게 자란다.
지난해는 죽었노라고, 그들은 말하고 있는 듯,
새로이 시작하라, 새로이, 새로이라고

The Trees

The trees are coming into leaf
Like something almost being said;
The recent buds relax and spread,
Their greenness is a kind of grief.

Is it that they are born again
And we grow old? No, they die too,
Their yearly trick of looking new
Is written down in rings of grain.

Yet still the unresting castles thresh
In fullgrown thickness every May.
Last year is dead, they seem to say,
Begin afresh, afresh, afresh.

이 시는 한창 푸르른 5월을 나뭇잎이 무성하다가 죽어버리는 것으로 묘사하고 있다. 낙관주의 시인이라면 보통 봄의 나무에서 슬픈 그림자를 보지 않는다. 시적 상징성으로 각 색깔을 논할 때, 녹색은 전통적으로 희망을 상징한다. 계절의 순환구조 속에서 나무는 봄이 되면 자연스럽게 푸른 잎이 다시 무성하게 되는 것이지 아주 죽은 것으로 보지 않는다. 그러나 라킨의 푸른 잎들이 슬프게 보이는 것은 결국 죽기 때문이고, 단지 속임수로 생명의 연속성을 우리로 하여금 믿게 한다는 것이다. 인간처럼 나이와 죽음이 함께 가는 것이라면 이 시의 나무도 매년 죽는 것이기에 나무에도 나이테가 새겨진다고 한다.

지난해의 나무는 완전히 죽었던 것이다. 매번 봄철이면 나무의 잎들은 쉬지 않고 만발하지만 그들은 지난해의 죽음을 알고 있기에 더욱 힘차게 번성하는지도 모른다. 그래서 새로이 시작해야 된다고 말한다. 라킨의 시가 하디만큼 어둡지 않은 것은 이 시의 끝부분에서 "다시 새로이 시작하라"는 의미로 "새로이"가 세 번이나 강조되고 있듯이 막막한 비관만이 스며있지 않기 때문이다. 새로 시작해야만 되는 것이 나무의 운명이라면 그만큼 "새로이"를 외쳐야 되는 것이리라.

다음 살펴볼 「다음 차례입니다」에서도 희망과 절망이 함께 있다.

다음 차례입니다

항상 너무나 미래를 갈망하기에, 우리는
기대하는 나쁜 습성을 체득한다.
뭔가 늘 다가오고 있다는 매일같이
그때까지는 이라고 말한다.

높은 벼랑에서 바라보면 작고, 투명하고,
반짝이는 희망의 함대가 분명히 다가온다.
어쩌면 저리도 더딜까! 그리고 얼마나 많은 시간을 소모하는가,
빨리 오기를 거부하면서!

그리고는 그 함대가 언제나 우리에게 비참하게 무너지는 실망의
줄기만을 붙들게 만든다. 하나하나 큰 배가 다가옴을 막는 것은
아무 것도 없으며, 놋쇠 장식으로 곱게 꾸미고 있고
하나하나 밧줄도 선명하게 이쪽으로 향하고 있건만

깃발을 달고 황금박새로 된 뱃머리가
우리 쪽으로 기울어 오는데 결코 닻은 내리지 않는다.
나타나자마자 그건 과거로 향한다.
줄곧 마지막까지

우리는 배마다 짐을 싣고 와서는 풀어준다고 생각한다.
우리들 생활 속에 모든 좋은 것들을, 우리 모두는
그렇게 간절히, 그리고 오래 동안 기다린 보답으로
그러나 우리는 잘못 생각한 거다.

단지 배 한 척만이 우리를 찾고 있다, 검은―
돛의 낯선 배, 뒤에 끌고 가는 것은
거대하고 새소리 없는 정적, 그 배가 지나는 물길에는
파도가 일지도 부서지지도 않는다.

Next, Please

Always too eager for the future, we
Pick up bad habits of expectancy.
Something is always approaching; every day
Till then we say,

Watching from a bluff the tiny, clear
Sparkling armada of promises draw near.
How slow they are! And how much time they waste,
Refusing to make haste!

Yet still they leave us holding wretched stalks
Of disappointment, for, though nothing balks
Each big approach, leaning with brasswork prinked,
Each rope distinct,

Flagged, and the figurehead wit golden tits
Arching our way, it never anchors; it's
No sooner present than it turns to past.
Right to the last

We think each one will heave to and unload
All good into our lives, all we are owed
For waiting so devoutly and so long.
But we are wrong:

Only one ship is seeking us, a black-
Sailed unfamiliar, towing at her back
A huge and birdless silence. In her wake
No waters breed or break.

인간에게 희망이 없다면, 기대했던 것이 현실로 나타나지 않는다면
우리는 애당초 뭘 바라고 기다리기만 하는가. 이 시에서는 번번이 희망이
절망으로 변하지만 다음에는 우리 앞에 다가오겠지 하는 인간의 어리석
고 단순한 생각, 그리고 겨우 많은 것에서 하나 정도가 마지막으로 우리
앞으로 다가온다 해도 그것은 매우 무미건조한 어둠의 그림자, 죽음을 연
상시키는 물체임을 보여준다. 그런데 왜 우리는 찬란한 희망이 온다고 생
각하는 것일까, 그것은 우리가 희망을 갖는 것 자체에 대해 어떤 보상 같
은 것이 있어야 되지 않겠느냐는 것이다. 아전인수적인 생각이겠으나 희
망 없는 절망의 삶은 살 가치가 없는 것이 아니겠는가.
　라킨은 이 시의 첫머리에 인간은 너무 쉽게 장래에 대한 기대를 갖
는 버릇이 있다고 적고 있다. 매일같이 뭔가 희망이 다가온다는 기대, "그
때까지는"이라고 말하며 기다린다. "높은 벼랑"에서 바다를 바라본다는
것은 우리 자신의 기대치나 존재가치를 그만큼 높여 놓고 있는 것이다.
시인은 인간이 기다리는 희망을 한가지로만 그리지 않았다. 먼 바다에서
배마다 짐을 가득 실은 함대가 분명히 우리 앞에 다가오는 것이다. 배에
실은 물건들에는 우리가 일상에서 필요하고 갖고 싶은 것들이 있다고 상
상한다. 그래서 빨리빨리 이쪽으로 와서 짐을 풀어야 한다고 기대한다.
더디기만 한 것이 안타까울 뿐이다. 더구나 그 함대를 방해하는 것은 아
무 것도 없고 우리 눈에 비치는 모습도 "뱃머리에 황금박새"를 올려놓은

화려한 것이다. 하지만 이쪽으로 오는 듯하다가 닻은 내리지 않는다. 오자마자 "과거로 향한다"는 구절은 우리의 희망이 항상 과거의 꿈으로 사라진다는 뜻이다.

마지막 연에서 우리가 만나는 배 한 척이 있다. 그것은 앞서 사라진 것과는 달리 분명히 우리 앞으로 온다. 아니 우리를 찾기까지 한다. 그 수상한 "검은 돛의 배"는 황금박새도 없고 배 뒤에 "거대한 정적"을 끌고 간다는 것에서 보듯이 시인이 보는 삶은 정지요, 암흑이다. 그래서 마지막 줄에 배가 지나갔는데도 파도가 일지 않았다고 적고 있다. 시인은 희망을 화려하게 그렸지만 절망은 어둡고 동력 없는 것으로 대비시킨다. 인간은 다음 차례에는 희망이 오겠지 기대하지만 필연적으로 만나게 되는 것은 "죽음"이라는 비극적 인생관이다. 이는 시인이 숭배한 하디를 연상케 한다.

다음 시 「교회 가기」는 비교적 길어서, 두세 개의 연으로 나누어 가면서 내용을 살펴보자.

교회 가기

일단 그곳에서 아무 것도 진행되고 있지 않음을 확인하고
나는 안으로 들어간다. 문을 쿵하고 닫으며
또 다른 교회, 매트, 의자, 돌,
그리고 작은 책들, 널린 꽃들은
일요일을 위해 잘라 놓은 것인데
지금은 갈색으로 변해 있다.
어떤 놋쇠로 된 촛대와 물건들이
성스러운 제단에 놓여 있다, 작고 단정한 오르간

그리고 긴장된 곰팡내 나는 무시할 수 없는 정적
얼마나 오래 동안 양조된 것인지는 하나님만이 아신다.
모자를 안 썼기에 나는 서투른 경건함으로
자전거 탈 때 두른 나의 각반을 푼다.

앞으로 나아가 내 손을 성수반 가까이 뻗는다.
내가 서 있는 위치에선 지붕은 거의 새로워 보인다—
청소한 것일까 아니면 복구한 것인가? 누군가는 알 것이다 나는 모른다.
성서대에 올라가 나는 허세부린
큰 글자 구절들을 본다, 그리고는
내가 의도한 것보다 더 크게 "여기에 끝난다" 소리를 낸다.
메아리 소리가 잠시 간략하게 웃는다. 출입문에 돌아와
서명하고 6펜스짜리 아일랜드 동전 한 닢을 헌금하고
이 곳은 더 있을만한 곳이 못된다고 생각한다

Church Going

Once I am sure there's nothing going on
I step inside, letting the door thud shut.
Another church: matting, seats, and stone,
And little books; sprawlings of flowers, cut
For Sunday, brownish now; some brass and stuff
Up at the holy end; the small neat organ;
And a tense, musty, unignorable silence,
Brewed God knows how long. Hatless, I take off

My cycle-clips in awkward reverence,

Move forward, run my hand around the font.
From where I stand, the roof looks almost new—
Cleaned or restored? Someone would know: I don't.
Mounting the lectern, I peruse a few
Hectoring large-scale verses, and pronounce
"Here endeth" much more loudly than I'd meant.
The echoes snigger briefly. Back at the door
I sign the book, donate an Irish sixpence,
Reflect the place was not worth stopping for

　이 시의 1연에서 보면 시인이 일요일 주일예배를 드리러 교회를 방문한 것인지 뚜렷한 의도는 밝히지 않으나, 교회 안에서 어떤 행사도 진행되지 않음을 확인하고는 들어선 것이다. 그래서 이 시에서는 홀로 세밀하게 교회 내부를 관찰하는 시인의 시선을 차근차근 엿보게 된다. 혼자 교회로 들어갔으니 인도자 없는 텅 빈 곳이다. 그런데도 시인은 무례함을 보이지 않고 그 나름대로 "어색한 경의"를 표한다. 그의 시선이 간 곳은 지난 주일 제단에 장식한 꽃이 벌써 갈색으로 변해 시들고 있는 것, 그리고 놋쇠 등으로 된 기물들이다. 2연에서 시인은 더 가까이 제단으로 다가가 살펴본다. "성수반"(font)을 본다. 그것은 세례용 그릇이다. 깨끗하게 수리된 지붕도 올려다보고는 누가 그렇게 한 것일까 상상한다. 그리고는 아일랜드 돈 6펜스를 헌금하고 교회 밖으로 나오면서 시인은 그곳은 잠시 들렀을 뿐, 서 있을만한 곳은 못된다고 생각하는 것이다. 6펜스는 영

국 돈으로도, 아일랜드 돈으로도 최소 단위의 작은 돈이다. 그것은 시인
이 갖는 그날 느낌의 값인지도 모른다. 그러나 3연에서 그는 사실인 즉,
자주 교회를 들렀다고 적고 있다. 그럼 4연까지를 살펴보자.

> 그러나 난 들렀다. 사실인 즉, 나는 자주 들렀다
> 그러면서 항상 이런 식으로 허전하게 끝난다.
> 무엇을 찾아야 하는 것인지 생각하면서 또한 생각하기를
> 교회들이 전적으로 필요 없게 될 때
> 우린 교회들을 무엇으로 바꾸어야 하며, 만일 우리가
> 몇몇 성당을 전시용으로 오래 보존하여
> 그곳의 양피지 문서, 연보 접시와 성체 용기는 열쇠 채운 상자들
>   속에 두고
> 나머지는 비와 양들에게 무상으로 대여한다면
> 그럼 우리는 교회당을 행운이 없는 곳이라고 기피할 것인가?

> 아니면 저녁이 되어 알 수 없는 여인들이 와서
> 자기 아이들에게 특별한 돌을 만지게 할 것인지
> 암에 좋다는 약초를 캐거나, 아니면 어떤
> 특별한 밤에 죽은 자가 걷는 것을 볼 수 있다는 것인가?
> 이러저러한 어떤 힘이 게임과 수수께끼 속에 작용을 할 것이고,
> 외견상은 무작위한 것으로 보일 것이다.
> 그러나 미신은, 신앙처럼, 사라지게 마련이다.
> 그렇다면, 불신앙이 사라지면 무엇이 남는가?
> 풀, 잡초 덮인 길, 가시덤불, 버팀벽, 하늘만이,

Yet stop I did: in fact I often do,
And always end much at a loss like this,
Wondering what to look for; wondering, too,
When churches fall completely out of use
What we shall turn them into, if we shall keep
A few cathedrals chronically on show,
Their parchment, plate, and pyx in locked cases,
And let the rest rent-free to rain and sheep.
Shall we avoid them as unlucky places?

Or, after dark, will dubious women come
To make their children touch a particular stone;
Pick simples for a cancer; or on some
Advised night see walking a dead one?
Power of some sort or other will go on
In games, in riddles, seemingly at random;
But superstition, like belief, must die,
And what remains when disbelief has gone?
Grass, weedy pavement, brambles, buttress, sky,

우리는 이 부분부터 시간의 흐름 속에서 변할 교회의 모습을 시인의 명상으로 읽게 된다. 그는 사실 자주 교회를 지금처럼 들렀었고, 그때마다 허전한 마음으로 교회 밖으로 나온 것이다. 언젠가 교회들이 전적으로 필요 없게 될지도 모른다는 생각에 잠기기도 했다. 그럼 박물관이 되거나 풍운 속에 풀이 무성해지거나 유령이 나온다고 생각하면서 사람들은 어떻게 될까. 미신도 불신앙도 사라지면 남는 것은 가시덤불과 하늘뿐인지도 모른다는 말은, 인간적인 것은 신앙도 미신도 사라지고 남는 자연뿐일지도 모른다는 의미가 된다.

하지만 다음 5연에서 끝의 7연까지를 이어서 살펴보면 하디 식으로 절망적이지는 않다. 우리가 교회를 찾는 것은 "더 진지해지고자 하는" 내면의 갈증이 있기 때문이라고 시인은 말한다. 원래 교회는 "진지한 땅 위에 지은 진지한 집"으로 특별한 곳이기 때문이다. 그리고 교회 주변에 수많은 사람이 누워 있다는 것만으로도 살아 있는 사람들은 삶과 죽음의 의미, 그리고 그 뒤에 영원을 생각하지 않겠는가. 시인은 교회가 어떤 형태로 변해 가도 인간이 "현명해지기 알맞은 곳"이라고 결론짓는다.

매주 형태는 덜 뚜렷해지고
목적은 더욱 모호해진다. 난 누가
마지막 사람으로, 맨 마지막으로
이곳이 원래 어떤 곳이었는지를 알고
찾는 사람이 누구일까 생각해 본다
탁탁 치며 메모하면서 교회 강단 후면이 무엇인가를 아는
연구진 한 사람일까? 옛 폐허를 쫓아 입찰하고 경매하는 남자,
아니면 크리스마스 중독자, 성직자 복식의 향기나 오르간 파이프,
그리고 몰약 때문일까?
아니면 나 같은 사람일까.

지치고 정보도 없이, 유령 같은 토대가 흩어진 것을 알고 있지만

그럼에도 이 땅의 십자가들 향해 교외의 관목 숲을 **빠져난다**,
왜냐면 교회가 단지 분리된 결혼과 탄생,
그리고 죽음, 이것들에 대한 생각들을 이곳에서는
오랫동안 분리시키지 않고 똑같이 교회가 세워진 목적대로
간직하고 있기 때문이다. 이 특별한 집이 세워진 것은
그 때문이 아닌가, 이런 차림을 하고서 서 있는
숨막힐 듯한 헛간이 무슨 가치가 있는지 알진 못해도
여기 침묵하여 서 있는 것은 나를 즐겁게 한다.

교회는 진지한 땅 위에 지은 진지한 집,
이 혼합된 공기 속에서 우리의 모든 충동이 만나고
인식되고 운명으로 치장된다
그리고 그 정도로 결코 쇠퇴할 일은 없을 것이다.
왜냐면 누군가는 끊임없이 더 진지해지고자 하는
자신 내면의 갈증이 있기 때문이며
그 갈증으로 이 땅에 이끌릴 것이기에
그가 한 때 듣기로도 교회 주변에
그렇게 많이 죽은 이들이 누워 있다는 것만으로도
그 안에서 현명해지기에는 적절한 곳이라고,

A shape less recognizable each week,
A purpose more obscure. I wonder who
Will be the last, the very last, to seek
This place for what it was; one of the crew
That tap and jot and know what rood-lofts were?

Some ruin-bibber, randy for antique,

Or Christmas-addict, counting on a whiff

Of gown-and-bands and organ-pipes and myrrh?

Or will he be my representative,

Bored, uninformed, knowing the ghostly silt

Dispersed, yet tending to this cross of ground

Through suburb scrub because it held unspilt

So long and equably what since is found

Only in separation—marriage, and birth,

And death, and thoughts of these—for whom was built

This special shell? For, though I've no idea

What this accoutred frowsty barn is worth,

It pleases me to stand in silence here;

A serious house on serious earth it is,

In whose blent air all our compulsions meet,

Are recognised, and robed as destinies.

And that much never can be obsolete,

Since someone will forever be surprising

A hunger in himself to be more serious,

And gravitating with it to this ground,

Which, he once heard, was proper to grow wise in,

If only that so many dead lie round.

라킨은 「교회 가기」에서 교회의 건물을 일상 생활 속에 한 품목처럼 마모되는 것으로 본다. 그러면서도 건물이 세워질 때의 진지함을 사람들이 때로는 갈증으로 다시 느끼고 싶은 것처럼, 시인도 때때로 그 건물 안에 서 있을 때 즐거움을 느낀다고 말한다. 라킨의 시는 일상을 지적이며 유머러스하게 바라보기 때문에 하디처럼 비판적이지는 않다.

이 시에서 교회 건물과 그 안의 물품들의 세세한 묘사가 기존의 신앙심 가득한 성스런 "하나님의 집"의 분위기와 다르다. 앞서 지적한 대로 라킨은 새 시대의 예리한 감각으로 일상적인 소감을 솔직하게 말하고 있다. 교회에 대한 인식이 달라진 것이다. 그 후 오늘날까지 우리는 구미 각국에서 오래된 교회 건물들이 전시장이나 박물관으로 사용된 것을 보고 있다. 심지어는 아름다운 분위기의 식당으로 운영되고 있는 곳도 있다. 한편, 이왕이면 공공 건물로 의미 있게 유지 보전되기를 희망하고 그런 뜻있는 일에 관심 두는 신앙심 깊은 사람들도 많다.

이렇게 교회 건물의 변화를 초래하게 된 것은 과거에 그만큼 광범위하게 기독교 신앙의 토대가 굳건하여 많은 교회가 지어졌다는 증거가 된다. 영국의 큰 도시를 제외하고는 수백 년에 걸쳐서 거의 한 마을 사람들의 삶은 교회를 중심으로 이어가는 것이었다. 탄생하면 영세를, 결혼 예식과 서약, 그리고 세상을 떠날 때도 교회에서 별세 예식을 끝낸 뒤 교회 뒷마당이나 교회 가까운 곳의 묘지로 간다. 이렇게 오랫동안 내려온 전통으로 많은 교회 건물이 곳곳에 세워졌다. 아름다운 교회 건축은 예술성까지 겸비한 그 고장의 자랑으로 숭배되었다. 주일이면 교회는 마을 사람들이 모여 기도를 올리고 마을회의도 하고 담소를 즐기며 공동체 생활을 확인하는 곳이었다.

그러나 세월이 지나고 시대적 상황과 종교적 신념이 점점 개인주의적 관점으로 변하면서 현대인들은 교회 중심의 생활에서 벗어나 현실적인 각자의 일상을 찾았다. 특히 제1차 세계대전 같은 큰 재난 속에서 회의를 느낀 젊은이들과 일부 사회 엘리트들은 현실을 자기 나름대로 보기 시작했고, 오랜 기독교정신 문화의 풍토가 예전 같지 않았다. 바로 라킨 이전의 대시인 엘리엇이 그의 『황무지』에서 보여준 사회현상이 그런 것이었다. 엘리엇은 유럽의 정신문화의 전통을 기독교신앙으로 재건해야 황폐함에서 구원을 받을 수 있다고 생각했다. 이에 비해 라킨은 현실적 시선이 강한 시인이었다. 「교회 가기」에서 시인은 그가 방문한 교회는 언젠가는 지금보다 더 낡은 건물이 될 것이라고 상상한다.

이 시를 통해 우리는 라킨의 종교관의 단면을 엿볼 수 있다. 그는 하디를 연상시키는 어두운 면도 있지만, 그처럼 침울하지는 않다. 담담하다고나 할까. 재미있게 사물을 묘사한 부분이 있기에 비극적이지 않다. 그러나 우리는 교회문 안에서 시무룩하게 서 있는 라킨의 모습을 떠올리게 된다.

셰이머스 히니
Seamus Heaney
| 1939–2013

아일랜드 역사와 삶에 대한 존중과 철학적 사유의 보편성을 추구

—— *Seamus Heaney*

　　히니의 시 세계에서 북아일랜드는 거의 유일한 주제이기에 그에게
는 먼저 민족주의 시인이라는 대명사가 따랐다. 그의 시에는 시골에서 보
낸 어린 시절의 기억들이 세밀하게 그려져 있고, 농촌에서 사용하던 농기
구 하나하나의 모양이나 일하는 농부의 모습 등이 사실적이면서도 삶의
창조를 돕는 힘의 상징으로 묘사되고 있다. 농촌의 상황을 구체적으로 다
룬 이러한 시풍은 평론가의 높은 관심과 호평을 이끌어냈고, 많은 일반
독자들의 사랑을 받았다. 그의 시에는 아일랜드의 풍속과 고난의 역사가
다뤄지면서 전통과 고난에 대한 시인의 고뇌가 스며있다. 시인으로서 히
니는 이러한 개인적 배경에 대한 의식으로 때로는 그의 시상을 넓히는데
정신적 구속이 되었을 것이다. 그러나 그는 문학의 보편적 존재가치를 따

르는 객관성을 잃지 않았다. 시의 자율성을 존중했기에 어느 나라에서 그의 시를 읽어도 동일한 느낌을 갖게 하는 것이다.

히니의 출생지는 북아일랜드 데리Derry주의 모스반이다. 그의 부친은 농업과 목축업을 하였고, 히니는 집안의 장남이었다. 그의 시가 호소력을 지니는 것도 그의 어릴 적 성장 환경이 진실되게 반영되어 있기 때문이다. 그리고 그는 성 콜럼스대학St. Columb's College을 거쳐 벨파스트에 있는 퀸즈대학교Queens University를 다녔다. 그가 성장기에 농촌의 경험과 별도로 영국식 교육을 받은 것은, 후에 그의 시세계의 지평을 넓혀줬다. 히니는 아일랜드 국민으로써 공동체적 의식으로 공통된 삶의 기반을 만들기를 원했다. 그의 산문집 『선입관』(Preoccupations)에서 그는 한 사람이 갖는 감성의 절반은 태어난 곳에 속한 조상들, 그리고 역사와 문화에서 비롯되지만 나머지 반은 교육의 힘으로 형성된다고 말한다. 히니 자신은 정신적인 면에서 아일랜드의 정치적, 문화적 배경이 굳게 자리하고 있지만 이 글에서는 교육의 힘으로 그것을 넘어 세계를 향한 갈망과 경험을 쌓아간다고 적고 있다.

1972년 히니는 아일랜드공화국의 새 거주지인 글렌모어Glanmore로 이주한다. 그리고 스스로를 '내적인 망명자'라고 말한다. 그는 아일랜드가 영국령으로 남아 있을 때, 영국계 아일랜드인과 아일랜드의 가톨릭 국민들의 상반된 정치적 입장에서, 되도록 두 분파의 갈등보다는 조화를 생각하는 글을 쓰고자 했다. 일곱 권의 시집과 시론집을 낸 그는 예이츠W. B. Yeats 이후 아일랜드 시단에서 대표적 시인으로 각광을 받고 있으며, 1966년에 발표한 그의 첫 작품집 『자연주의자의 죽음』(Death of Naturalist)은 에릭 그레고리Eric Gregory상을 비롯해 모두 세 개의 상을 수상했다. 그는 왕성한 시작과 시 낭독, 그리고 대학 강단에서의 활동으로 국제적인 명성을 누렸으며, 1976년 더블린에 정착한 후 미국 하버드대학교에 초빙되어 매년 한 학기씩 영문학을 강의했다. 1995년 히니의 노벨문학상이 발표된 후 한국에서도 많은 독자가 새로이 그의 작품에 관심을 가졌으며, 학계에서도 그의 문학에 대한 연구가 폭넓게 이루어지고 있다. 이제 히니의 기억 속에 생생하게 남아 있는 농촌의 친근한 모습들을 그의 시를 통해 읽어보자.

문 하나로는 통풍 장치가 아니었다

여름 내내 함석이 마치 화로처럼 달아오를 때
큰 낫의 모서리, 깨끗한 삽, 갈퀴의 날:
들어가면 서서히 빛나는 물체들의 형태
그리고는 허파를 막는 거미줄

그래서 황급히 햇빛 환한 마당으로 도망갔다.
그리고는 박쥐들이 잠의 서까래 위로 날고,
구석에 있는 곡식 더미로부터 사납고 깜박거리지 않는
밝은 눈들이 지켜보는 밤으로

어둠은 지붕의 공간처럼 빨아들이고, 나는 여물 사료가 되어
공기 구멍으로 돌진해 들어오는 새들이 쪼아 먹게 되는,
위쪽의 공포를 피해 나는 얼굴을 수그리고 엎드렸다.
두 자루의 부대가 큼직한 눈먼 쥐들처럼 움푹 꺼져들었다.

The one door meant no draughts

All summer when the zinc burned like an oven.
A scythe's edge, a clean spade, a pitch-fork's prongs:
Slowly bright objects formed when you went in.
Then you felt cobwebs clogging up your lungs

And scuttled fast into the sunlit yard,
And into nights when bats were on the wing
Over the rafters of sleep, where bright eyes stared
From piles of grain in corners, fierce, unblinking.

The dark gulfed like a roof-space. I was chaff
To be pecked up when birds shot through the air-slits.
I lay face-down to shun the fear above.
The two-lugged sacks moved in like great blind rats.

어릴 때 소년은 아무도 없는 공간을 호기심에 끌려 혼자 들어가 본
다. 창고로 쓰이는 헛간에는 농기구나 곡물 부대들이 있기 마련이다. 그
곳에 놓여 있는 낫이나 삽의 모양, 쇠스랑 날의 형태가 어두운 공간에서
서서히 형태를 드러내는 광경을 소년은 두근거리면서도 경이롭게 보고
싶은 것이다. 그러나 헛간은 쾌적한 곳이 아니다. 더구나 문 하나만 있으
니 그것을 열고 들어가면 통풍이 되지 않은 안의 공기는 꼭 숨 막힐 것
같다. 여름 내내 "함석이 화로처럼 달아오를 때"였으니 얼마나 공기가 탁
하겠는가. 아마도 지붕이 함석으로 된 것이라면 문을 열자마자 화로 속으

로 들어간 것 같으리라. 거기다가 어둠 속에는 곧잘 제집인양 쳐놓은 거미줄, 서까래 위로는 박쥐들이 날아다니고, 큰 쥐들은 곡물을 꽤 파먹은 듯 부대들이 움푹 꺼져 있는 것이다. 문을 열고는 황급히 햇빛 있는 마당으로 뛰쳐나왔는데도 빠르게 둘러 본 헛간 속 인상은 오래도록 지워지지 않는다. 우리가 어렸을 때 꿈꾸던 가상공간이 어른이 되어도 잘 잊혀 지지 않고 되풀이 되어 때로는 마치 실제 내가 보았던 것처럼 착각하는데, 히니의 시는 그의 실제 경험의 서술이다. 스스로 직접 사용한 물건이 아니더라도 뜨거운 열기 속을 들어가 보고 나온 것은 공포에 가까운 강렬한 인상이다. "잠의 서까래 위로 박쥐들이 날고"라는 구절이 암시하듯 히니 자신의 말을 빌리면 "감정이 매복된 생활"을 상징하는 것이다.

다음의 시 「화로」("The Forge")에서도 '어둠'의 함축성이 히니의 시작 상상력에 중심 역할을 하고 있음을 보게 된다.

화로

어둠 속으로의 문이 내가 아는 전부다.
밖에는, 오래된 차축과 쇠고리가 녹슬고 있고,
안에서는, 망치에 맞는 모루의 짧은 가락의 울림이
새 신발이 물에 젖어 단단해질 때
급작스럽게 일어나는 부채꼴 불꽃이나
날카로운 소리
모루는 중앙 어딘가에 있을 것이니,
외뿔 들소처럼 뿔이 나서, 한쪽 끝이 네모져,
거기 움직이지 않고 놓여 있으리라: 제단에서는
그는 모양과 음악으로 그 자신을 소모시킨다.

때로는 가죽 앞치마를 두르고, 그의 코 안에는 털이 나있고,
문설주에서 몸을 내밀며, 교통량이 줄을 이루며
번쩍이는 곳에서의 요란한 말굽 소리를 회상한다.
그리고는 투덜대며 안으로 들어간다, 강하게 가볍게 때리는 것으로
진짜 쇠를 두드려, 크게 울리게 한다.

The Forge

All I know is a door into the dark.
Outside, old axles and iron hoops rusting;
Inside, the hammered anvil's short-pitched ring,
The unpredictable fantail of sparks
Or hiss when a new shoe toughens in water
The anvil must be somewhere in the centre,
Horned as a unicorn, at one and square,
Set there immoveable: an alter
Where he expends himself in shape and music.
Sometimes, leather-aproned, hairs in his nose,
He leans out on the jamb, recalls a clatter
Of hoofs where traffic is flashing in rows;
Then grunts and goes in, with a slam and flick
To beat real iron out, to work the bellows.

이 시에는 대장간의 노동이 사실적으로 묘사되어 있다. "망치에 맞
는 모루"에서 나는 소리나 쇠가 단단해질 때 튕겨 나오는 "부채꼴" 모양

의 불꽃, 그리고 쇠가 다져지는 "날카로운 소리" 등은 현장의 박진감 있는 소리들이다. 히니는 농사에 쓰이는 도구 하나하나의 묘사에서 그의 잊지 않는 기억을 시작에 반영했다. 이 시에서는 대장간의 노동을 외부의 도로에서 나는 소리와 차별화하고 있다. 이 시를 읽으면 블레이크William Blake의 「호랑이」("Tyger")가 생각난다. 블레이크의 시에서 묘사된 대장간의 모습은 창작의 과정을 그리면서 누가, 어떤 불멸의 손과 눈이 호랑이의 "무서운 균형을 빚었느냐"고 경탄한다. 대장간의 노동은 시를 쓰는 과정과 흡사하다. 두드리고 다지고 모양을 만들어내는 시 쓰기 노력과 비슷하다는 것이 블레이크의 시를 읽은 비평가들의 견해이다. 「화로」는 사실에 충실하면서 상황의 상징성에서 그 의미를 드러내는 것으로, 히니 시 기법의 특성이라고 하겠다.

이 시에서는 앞의 시 「문 하나로는 통풍이 되지 않는다」에서 "빛나는 물체"로 적은 농기구와는 다른 "머루"가 중앙에 있음을 보게 된다. 낫과 삽, 그리고 쇠스랑 같은 것은 주로 바깥 땅에서 사용하는 것이다. 이 시의 대장간은 농기구 보관창고와는 다른 창작의 공간이다. 그래서 머루는 "가락의 울림"이 있고 "불꽃"이 있다. 창고 안에서 가만히 거미줄과 박쥐와 더불어 있던 기구들도 농사라는 노동을 생각하면 빛나는 소재였다. 여기 대장간 안에서 무엇인가 만들어내는 "머루"는 신비스런 "일각수"–角獸가 어디엔가 놓여 있다는 것과 병치시킨다. 신화적인 제단에서 자신의 형상과 음악으로 스스로를 소멸시킨다는 것은, 창작을 위해 자신의 몸을 변형·단련시킨다는 뜻으로 해석된다. 두드리는 소리, 경타輕打와 강타의 리듬은 화로의 불빛과 더불어 시인이 찬미하는 생명력일 것이다. 이처럼 히니는 농경에서 사용한 것이나 금속 제작에 필요한 도구이나 모두 전통적 노동의 의의를 부각시킨다.

그럼 다음으로 위의 두 시와 공간적 분위기가 다른 시 「갈라루스 예배당에서」를 읽어 보기로 한다. 이 시에서 히니는 보다 객관적인 시각에서 아일랜드의 현재와 과거의 삶을 조명하고 있다.

갈라루스 예배당에서

아직도 느낄 수 있다 이 장소에 묻힌
교회의 사람들을: 마치 토탄土炭 더미 안으로
들어가는 기분, 해묵은 어둠의 중심을
한 야드 두께의 돌로 벽을 쌓은, 혼자서 그곳에 들어가면
축소된 피조물을 지구의 중심으로 추락하게 했을 것이다.
어느 참배자도 그 바닥에서 신에게
뛰어오르지는 못할 것이다.

고분古墳의 영웅들처럼 거기에 터를 잡고
그들은 왕의 눈에 비칠 자신들을 찾았다.
그들 자신들의 호흡의 검은 무게 아래서.
그들이 밖으로 나올 때 그 분은 어떻게 웃으셨을까
바다는 향로, 그리고 풀밭은 불꽃.

In Gallarus Oratory

You can still feel the community pack
This place: it's like going into a turfstack,
A core of old dark walled up with stone

A yard thick. When you're in it alone
You might have dropped, a reduced creature
To the heart of the globe. No worshipper
Would leap up to his God off his floor.

Founded there like heroes in a barrow
They sought themselves in the eye of their King
Under the black weight of their own breathing.
And how he smiled on them as out they came,
The sea a censer, and the grass a flame.

　이 시는 역사적 유서가 있는 한 작은 예배당에 들어간 시인이 선조
들의 종교적 감수성에 대한 것을 명상하는 내용으로, 옛날이 모여 있을
거라고 상상한다. '왕'이라는 단어를 보면 이 교회는 기독교 이전의 종족
들이 모여 예배를 드린 곳으로 해석된다. 그들의 삶에서 신과 인간의 관
계가 중요했던 것처럼 그 이후의 기독교적 죄의식은 "해묵은 어둠의 핵
심"으로 표현된 종족의 감수성으로 이어지고 있는지 모른다. 히니는 인간
이 자기중심적 신앙관을 갖는 것에 비판적 시각을 보인다. 이 시의 인상
적인 결구인 "바다는 향로, 풀밭은 불꽃"이라는 시구는 이제까지의 종족
중심적 교회예배와는 다른 것을 지향한 듯하다. 즉, 대자연 속의 편협하
지 않은 인간의 영성을 해학적으로 표현한 것으로 볼 수 있다.
　히니의 시에서 우리는 아일랜드 과거의 역사와 삶에 대한 시인의
다각적인 탐구를 읽을 수 있다. 그에게 아일랜드 민족 시인이라는 이름이
붙여졌지만, 그 자신이 시를 통해 추구하고자 한 것은 철학적 사유이고

시대적 구분을 초월한 보편성을 갖는 것이었다. 이 보편성은 정치적, 역사적 배경의 객관화로 꼭 어떤 화해의 정신을 갖는 것보다 어느 시대에나 적용되는 인간 본성에 대한 보편적 가치의 추구이다. 우리가 그의 시를 고정관념 없이 감상하는 것도 경계를 긋지 않는 정신을 그의 시에서 볼 수 있기 때문이다. 히니는 스스로 말하듯 선조의 삶을 존중하는 역사의식과 함께 영국식 교육배경으로 객관적 시각으로 시를 쓰고자 했다. 그가 시의 자율성에 대해 고민한 후 1987년에 발표한 일곱 번째 시집 『산사나무 등』(*The Haw Lantern*)과 1991년에 발표한 『사물을 보는 시각』(*Seeing Things*)에서 우리는 그의 시 창작방향이 본격적으로 변화된 것을 알게 된다. 히니의 새로운 시세계는 우화적인 가상공간을 만들고 시인 자신의 검증을 다층적인 관점으로 바라보는 것이다. 이 과정에서 히니는 스스로와 동일시했던 북아일랜드의 현실을 객관화하는 "사물을 보는 시각"을 제기한다. 그럼에도 그가 가슴 깊이 간직하고 있는 것은 그의 아버지를 통한 아일랜드 땅에 대한 회상이다. 한때 아버지가 그의 모방의 대상이었지만 아들은 농부가 아닌 시인이 되었다. 가업을 잇지 않은 9남매의 장남이었지만 히니는 세계에 그 이름을 알린 노벨문학상 수상자가 되었다.

아버지를 잊을 수 없는 마음은 아버지의 노동에 대한 존경에서였다. 친근한 부자관계가 그려져 있는 시 「추종자」("Follower")를 읽어보면서 이 글을 맺기로 한다. 이 시에는 세월의 흐름에 따라 이제는 오히려 아버지가 아들의 활동에 깊은 애정과 관심을 갖는 부정父情이 담겨 있어 독자에게 특별한 감동을 준다.

추종자

나는 커서 쟁기질이 하고 싶었다
한 눈을 감고 팔에 힘을 주며.
내가 한 일이란 겨우 그 분을 따라다닌
넓은 그림자 속의 농장.

성가신 존재였다, 걸리고 넘어지고
늘 재잘거리고. 그러나 오늘은
아버지가 내 뒤를 비틀거리며
떠나시지 않는다.

Follower

I wanted grow up and plough,
To close one eye, stiffen my arm.
All I did was follow
In his broad shadow round the farm.

I was a nuisance, tripping, falling,
Yapping always. But today
It is my father who keeps stumbling
Behind me, and will not go away.

지은이 김재화(金在華)

성공회대학교 영어학과 명예교수
한국T.S.엘리엇학회 회장 역임
한국문인협회 평론분과 회원
월간 〈객석〉 자문위원 역임

• 저서 및 논문: 『영미희곡 명작론』『T. S. 엘리엇 시극론』『곡선의 시간』(시집)
　　　　　　「엘리엇 시극에서의 구원의 의미」「엘리엇 극의 연극성」
　　　　　　「엘리엇 시와 영상기법」「영문학 연구의 창의적 토대를 위한 소고」
　　　　　　「정보화 시대의 영문학 교육」「국제화 정보화 시대의 문학의 기능」

영미시의 정수

발행일 • 2014년 10월 1일
지은이 • 김재화
발행인 • 이성모 / 발행처 • 도서출판 동인 / 등록 • 제1-1599호
주소 • 서울시 종로구 혜화로3길 5 118호
TEL • (02) 765-7145, 55 / FAX • (02) 765-7165 / E-mail • dongin60@chol.com
Homepage • donginbook.co.kr

ISBN 978-89-5506-633-3
정가 18,000원